Futuro do pretérito

LILIAN DIAS

Futuro do pretérito

© Lilian Dias, 2024
Todos os direitos desta edição reservados à Editora Labrador.

Coordenação editorial Pamela J. Oliveira
Assistência editorial Leticia Oliveira, Vanessa Nagayoshi
Direção de arte e capa Amanda Chagas
Projeto gráfico Marina Fodra
Diagramação Emily Macedo Santos
Preparação de texto Amanda Gomes
Revisão Lucas dos Santos Lavisio

Dados Internacionais de Catalogação na Publicação (CIP)
Jéssica de Oliveira Molinari - CRB-8/9852

Dias, Lilian

Futuro do pretérito / Lilian Dias.
São Paulo : Labrador, 2024.
176 p.

ISBN 978-65-5625-700-6

1. Ficção brasileira I. Título

24-4099   CDD B869.3

Índice para catálogo sistemático:
1. Ficção brasileira

Labrador

Diretor-geral Daniel Pinsky
Rua Dr. José Elias, 520, sala 1
Alto da Lapa | 05083-030 | São Paulo | SP
editoralabrador.com.br | (11) 3641-7446
contato@editoralabrador.com.br

A reprodução de qualquer parte desta obra é ilegal e configura uma apropriação indevida dos direitos intelectuais e patrimoniais da autora. A editora não é responsável pelo conteúdo deste livro.
Esta é uma obra de ficção. Qualquer semelhança com nomes, pessoas, fatos ou situações da vida real será mera coincidência.

O tempo da vida não se repete.
A vida é uma aventura.

José Alberto Mujica

1

O último ato

Carlos decidiu fazer a última etapa do percurso sozinho. Sabia o quanto era perigoso, mas não podia esperar até o dia seguinte para levar a carga de soro antiofídico e medicamentos para a fazenda de Dejair, agricultor que há quarenta anos vivia com sua família dentro da Terra Indígena Raposa Serra do Sol, uma das mais ameaçadas da Amazônia. Carlos embarcou na canoa emprestada de Zé Simão e remou silenciosamente junto à margem do rio. Há alguns anos vivia naquela região do modo mais discreto possível, buscando não atrair atenções. Ali não havia proteção sequer para os povos indígenas isolados, muito menos para ele, ex-sertanista movido por ideais que se cristalizaram em algum momento da sua vida, mas que agora lhe pareciam desprovidos de qualquer sentido. Contudo, não se permitia pensar nesse assunto. Recusava-se a renegar a história que o definia como singularidade no mundo, minuciosamente guardada em sua memória, mesmo sabendo que ela havia se transformado num grande desatino. O absurdo é o titereiro das vidas humanas no planeta, por onde quer que elas se espalhem – não convém confrontá-lo ou querer retirar-lhe seus inúmeros véus. Se fosse um deus, seria o grande antagonista do tempo.

Quando sentiu o coice no ombro, sabia que o ataque poderia ser de bala, faca ou flecha. A região era povoada por assassinos: madeireiros, garimpeiros, traficantes, caçadores e pescadores ilegais, ribeirinhos cooptados pelo crime organizado e indígenas isolados que, pressionados por todos os lados, disparavam suas flechas contra qualquer estranho que se aproximasse. No entanto, a flecha que viu cravada em seu ombro esquerdo não lhe era desconhecida. Ao contrário, era fabricada por um povo que tinha grande estima por ele e pelo trabalho que conduzira durante anos na proteção das terras indígenas da Amazônia. O Lunático, como Carlos era conhecido quando ainda trabalhava na Funai, não temia a morte – e dela escapara milagrosamente inúmeras vezes –, pois, diziam as lendas, era protegido pelos xamãs de todos os povos indígenas da floresta.

Um instante depois, reconheceu Clemente, amigo de muitos anos, que acabara de pular na canoa, com adornos e pintura de guerra. O indígena atirou o remo no rio, removeu a flecha e examinou o ferimento. Carlos buscava os olhos dele, estupefato, tentando compreender. Clemente puxou uma pequena cana do cinto e encheu seu miolo oco com um pó que trazia dentro de um saco de couro. Então cravou seus olhos negros nos olhos de sua caça e falou, em língua aruaque, que Carlos conhecia bem:

— Estou no teu encalço já faz tempo, seguindo teu rastro. Não está me entendendo? Não se preocupe que, antes de morrer, vai ter tempo suficiente pra pensar, Canaimé!

E soprou o pó nas narinas de Carlos, fazendo com que ele tombasse de costas no fundo do barco. Em seguida, saltou da canoa e a empurrou, à deriva, rio abaixo.

2

O sonho

Carlos agora só avistava o céu, que sangrava em vários tons no resplendor do poente. A canoa, apoderada pela correnteza, girava de tempos em tempos nos redemoinhos do rio. Não sentia mais a dor fulgurante no ombro, que se estendia até a ponta dos dedos da mão esquerda e por todo o tórax. Só percebia relâmpagos – a dor tinha se transformado em imagens, clarões intermitentes que se acendiam como labaredas, misturando-se ao incêndio que tomava o firmamento. Não havia mais como adiar o fim do mundo, o céu estava desabando sobre a terra.

Uma nuvem cor de sangue serpeava no espaço, alongando-se no pescoço da mulher que corria em zigue-zague pela avenida Paulista naquele fim de tarde, quase noite. Carlos corria atrás do lenço encarnado com alegria de menino que persegue uma bola, desejando mais do que tudo alcançá-la. Alcançar era a meta, o que viria depois habitava o mundo dos sonhos inimagináveis. A mulher agora ondulava sua nudez sobre o corpo de Carlos, que permanecia inerte no fundo da canoa, deitado em lençóis brancos e macios, continuamente manchados pela oscilação do lenço vermelho. Os cabelos castanhos e compridos não deixavam Carlos entrever o rosto da amante, que aderia os lábios às dobras de seu corpo, passava a língua pela sua barriga e afundava o rosto na sua axila. Não saberia dizer agora por onde aquela língua deslizava, molhada e quente; estava por toda parte, nos seus olhos, dentro da sua boca, na nuca e entre seus dedos. Carlos queria agarrá-la, abater com toda força aquele corpo errático, mas não conseguia se mexer. Acompanhava o movimento dos seios branquíssimos, cujos mamilos vermelhos se deixavam entrever, de tempos em tempos, descortinados pelos cabelos. Então, tudo estancou de repente. Carlos fechou os olhos no mesmo instante em que a mulher se sentou sobre seu pênis. Sentiu a penetração na carne úmida e morna, mas não reconhecia mais as fronteiras daquele abraço deslizante; sentia que todo o seu corpo retornava ao útero materno em pequenas contrações da vagina que o sugavam de volta à grande noite do ventre feminino. Cada centímetro de sua pele latejava e pulsava no ritmo frenético dos batimentos cardíacos. No entanto, antes de o enlace se consumar, seu corpo explodiu em milhões de moléculas, a sensação de desintegração corpórea era brutal, sua carne se desfazia em líquido branco e viscoso, enquanto, de dentro daquela caverna morna que antes o devorava, um líquido abundante e transparente jorrava sobre toda a massa informe em que ele tinha se transformado. Uma sensação intraduzível de felicidade, amor e relaxamento o transpassava quando a mulher, que permanecia curvada sobre ele, jogou os cabelos longos para trás, revelando finalmente seu rosto.

3

Mariana

Mariana acordou ouvindo o ruído do vento forte e das hélices do helicóptero. Seu corpo balançava no espaço, suspenso por uma corda. Esforçava-se para que o voo durasse um instante mais, porém o sonho já se dissipava com a voracidade do futuro que a puxava pela mão rumo ao desconhecido. Vivia entre duas brumas, o passado e o futuro, ambos sem contorno definido, sem permanência, dois sonhos imprecisos e sempre inacabados.

Levantou-se e buscou na escrivaninha o caderno em que anotara, na véspera, as atividades daquele dia. Soltou um suspiro ao ler, logo no topo da folha, *lavar o cabelo*. Foi até o banheiro, olhou-se no espelho, escovou os cabelos longos e volumosos, cheirou suas pontas e fez uma cara de desânimo. *Lavar pra quê, Mariana? Estão limpos.* Depois voltou ao caderno e viu que naquele dia terminaria um ciclo de palestras na USP, que ministrava para engenheiros recém-contratados da Hidrelétrica de Tucuruí. A usina estava em fase final de construção, e a tarefa de Mariana era incutir alguma consciência socioambiental naqueles homens de mentes exatas e perguntas inequívocas, antes que empreendessem sua viagem de devastação à floresta amazônica. Naquela altura, entretanto, a perspectiva era de que quase tudo que havia sido debatido e elaborado nos últimos anos com relação ao impacto ambiental e social daquela construção gigantesca no rio Tocantins ficasse somente no papel. Naquela manhã, Mariana falaria da importância da construção de um sistema para a transposição de peixes, a fim de permitir a travessia, pela barragem, dos peixes adaptados às corredeiras ou que migravam ao longo do rio.

Antes de sair, Mariana olhou pela janela, observou com desgosto o céu chuvoso e voltou ao quarto para buscar o lenço vermelho que levaria no pescoço para, segundo ela, ajudar a colorir a cidade cinzenta. Com o tempo, tinha aprendido a amar São Paulo, com sua arquitetura grandiosa e por vezes inesperadamente lírica. Sentia-se parte daquele fluxo sinfônico da vida que não podia parar, regido por um maestro sábio e louco. No entanto, o lenço vermelho lhe era imprescindível – a forma muito pessoal e ilusória que encontrou de conferir uma tonalidade em ré maior à sinfonia da cidade.

Ao passar pela portaria do prédio, parou para verificar o escaninho de correspondências do seu apartamento. Encontrou-o lotado de cartões-postais, enviados por sua tia Esther, que vinham se avolumando ali nos últimos meses, sem que ela tivesse ânimo de recolhê-los. Resolveu apanhá-los, afinal. Mais tarde, despejaria tudo na gavetinha da cômoda sem sequer dar uma olhada neles. Não lhe interessavam as imagens ou as palavras rabiscadas às pressas e arrematadas com pontos de exclamação. Não desgostava da tia, mas de coisas sem sentido sua vida já estava muito

4

Joel

—Jô! Menino, já falei, eu vou te encher de paulada! Quantas vezes tenho que te proibir de sair sozinho na ubá, inda mais de noite?

A mãe corria furiosa na direção do menino, que chegava, coberto de lama, com a rede cheia de caranguejos. Jô era pequeno e forte, atarracado e enfezado. Quando apanhava de vara, as lágrimas saltavam de seus olhos sem que ele soltasse um único gemido. Não compreendia a fúria de sua mãe, apenas a aceitava como um fato da natureza. Entendia a mãe como uma casa, aquilo que fica quando todo o resto se desfaz no tempo e no espaço. Pensava assim quando era pequeno. Porém, quando a enchente do rio levou o casebre de barro onde morava com seus cinco irmãos, Jô avistou a silhueta daquela mulher no alto do barranco, segurando os três filhos menores, e percebeu que mãe fica mais que casa, mais que chão, mais que teto. A fúria era parte da sua natureza, como a tempestade era do céu, e a enchente do rio.

Jô tinha esse desgarro, esse extravio com a vida, era sua forma de estar no caminho, se desencaminhando. Ele mesmo costurava a rede com o fio que extraía da folha do tucum e saía para o mangue na pequena piroga, antes de o dia amanhecer, para pegar caranguejo. Mas não pedia autorização, pois não conseguiria de forma alguma. Sua mãe ora era fúria, ora pânico, ora árvore. Não era humana, alguém com quem se podia conversar. Nos fins de tarde, quando o sol poente tingia o céu, ela cantava. A voz da mãe e o poente sempre foram uma coisa única, transmitida por sentidos diferentes. Por isso, ela ficou para sempre dentro do filho, mesmo depois que ele foi embora, primeiro para Fortaleza, depois para São Paulo.

Jô só descobriu que se chamava Joel quando chegou a São Paulo levando apenas a certidão de batismo lavrada manualmente na pequena capela de Volta da Barreira Preta, em Aracati, no Ceará. Aceitou que em seu registro civil constasse como data de nascimento a mesma do batizado, pois não tinha como saber quanto tempo se passara entre o nascimento e o batismo. Porém, isso não tinha importância. Nunca soube o que era aniversário. Mais importante era ter um nome, coisa que muito indígena que conheceu no Ceará não tinha. Precisavam inventar na hora de se registrar. Ele não, chamava-se Joel, um nome de cidade grande, de onde ele, como toda gente pequena deste mundo, não consegue avistar o horizonte. O horizonte era o chão, algo sempre plantado sob seus pés.

Em São Paulo, foi servente de pedreiro, montador de móveis, anotador do jogo do bicho, garçom e finalmente passou a tomar conta de uma banca de livros usados na estação da Luz, todo fim de tarde, quando Bira, um cliente habitual da pensão em que trabalhava, lhe ofereceu esse bico, alegando que precisava buscar o filho na escola e ficar com ele até a mãe chegar do trabalho. Por volta das nove da noite, Bira aparecia para render Joel e recolher seus livros.

Mas um dia Bira não apareceu. Joel não sabia onde ele morava, então recolheu os livros no carrinho e os levou para o depósito da pensão. No dia seguinte, montou a barraca novamente e esperou. Alguns dias depois, pensou em desistir e esperar que Bira aparecesse na pensão. Mas tinha receio de perder o ponto na estação da Luz. Além disso, estava aprendendo a comprar e vender livros, e o dinheiro que lucrava era muito bom se comparado ao que vinha recebendo, sem emprego fixo, ao longo das três décadas que vivia em São Paulo. Joel não gastava praticamente nada. Tinha receio de que Bira voltasse e exigisse um acerto de contas. Mas ninguém sabia dizer seu paradeiro ou apareceu reivindicando aquele pequeno patrimônio. Depois de dois anos, Joel conseguiu comprar um ponto na avenida Angélica, bem pequeno, é verdade, mas com muito mais espaço para armazenar livros do que o carrinho da banca. Foi ali que viu pela primeira vez a menina com o lenço vermelho no pescoço.

Ela passava a caminho da escola com seu uniforme perfeitamente engomado e aquele lenço esvoaçante. A pele muito branca e os cabelos escuros realçavam a cor de seus olhos verdes. Certamente filha de alguém da elite paulistana, embora estivesse sempre desacompanhada. Ela parava na porta do sebo e esticava o dedo indicador sobre o livro que estivesse no topo da pilha. Joel não sabia dizer se ela estava examinando o título ou a poeira que se acumulava sobre a capa. Não fazia contato visual com ele. Dia após dia, a cena se repetia: ela olhava de longe para as estantes, caixotes e pilhas de livros como se os estivesse vendo pela primeira vez.

Até que um dia a menina encontrou, no topo da pilha de livros, logo na entrada da loja, a primeira edição de *Viagem*, de Graciliano Ramos, publicada pela editora José Olympio. Sua atenção foi imediatamente capturada de uma forma que Joel nunca tinha visto. Ela não abriu o volume, não folheou as páginas, não leu a resenha. Seu interesse estava exclusivamente na capa de Portinari, no desenho do avião envolto em rotas sinuosas com pontos azuis e vermelhos indicando as aterrissagens. De fato, não era de se esperar que uma menina de doze anos pudesse se interessar pela viagem do velho Graça à Tchecoslováquia e à URSS no início dos anos 1950. Muito improvável. Mesmo assim, ela pegou o livro e se dirigiu a Joel pela primeira vez.

– Quanto custa? – perguntou, enquanto pegava no bolso duas notas de dez cruzeiros.

– Quarenta e cinco – respondeu Joel.

A menina procurou mais notas no bolso, mas não encontrou. Visivelmente embaraçada, parecia não querer deixar o livro para trás.

– O senhor guarda para mim até amanhã? Pode ficar com estes vinte. Amanhã, eu trago o resto do dinheiro.

Joel olhou para a menina e percebeu que suas mãos tremiam levemente.

– Qual o seu nome? – perguntou ele.

– Mariana.

– Então, Mariana, me chamo Joel. Vamos fazer o seguinte: você leva o livro e me paga amanhã os vinte e cinco cruzeiros que faltam. Eu te espero aqui neste mesmo horário.

A menina instintivamente abraçou o livro, girando a mão que o segurava para junto do corpo. Com a outra mão, estendeu os vinte cruzeiros, agradeceu e partiu. Na porta da livraria, parou, pegou uma caderneta dentro da bolsa a tiracolo e anotou: *Pagar vinte e cinco cruzeiros na loja de livros, caminho da escola.*

5

O encontro

Ao chegar ao auditório, Mariana se perguntou por que reservar um espaço tão grande para uma plateia tão reduzida. Não tinha lembrança de onde tinham sido as palestras anteriores, mas se imaginou questionando o tamanho do auditório em todas as ocasiões. Tampouco tinha recordação dos rostos ou nomes dos engenheiros que compunham sua audiência, mas já tinha aprendido a lidar com essas situações. Bastava cumprimentar a todos como se os reconhecesse perfeitamente.

    Mariana correu os olhos sobre a plateia e experimentou aquela sensação estranha e fugaz de repetição, como se já tivesse vivido aquele momento. No entanto, sentia que faltava algo ou alguém. Pediu que todos se agrupassem nas cadeiras da frente para não precisar falar muito alto. Tinha acabado de ligar o projetor de slides, quando a porta no fundo do auditório se abriu e um homem baixo deslizou lentamente até uma das cadeiras distantes do palco. Era ele, pensou Mariana. Seu Gato de Cheshire. Era quem faltava, alguém de quem ela só se lembrava do sorriso largo, uma fenda fina num rosto que lhe fugia, e dos olhos pequenos que a fitavam meio que de lado, apertando levemente as pálpebras.

— Olá, você aí atrás! Qual o seu nome? — perguntou Mariana.

A audiência imediatamente riu. Mariana puxou o cabelo para trás da orelha e aguardou.

— Qual foi a graça? — ela perguntou, embora já imaginasse a resposta.

— É que todo dia essa cena se repete, e você sempre pergunta o nome dele — respondeu alguém na plateia, rindo.

— Não sou boa com nomes — disse Mariana, encenando um sorrido constrangido.

Dessa vez, a plateia riu muito alto, em uníssona gargalhada.

— Ok, não precisa me responder dessa vez — falou Mariana, aceitando a diversão. — Gostaria apenas que viesse um pouco mais para a frente. Tenho certeza de que quer ouvir tudo que tenho a dizer, mas aí onde você está minha voz não vai te alcançar.

O homem se levantou e desceu pelo corredor central do auditório até escolher um assento bem perto do palco. Fez o percurso fechando o zíper de uma jaqueta sob a qual Mariana pôde entrever uma camisa de clube que estampava o símbolo da *Democracia Corinthiana*, traje que, acompanhado da calça jeans, destoava completamente do terno e gravata utilizados pelo restante da audiência. Mariana o acompanhou com os olhos por um tempo mais longo do que seria esperado. Queria reter algo mais daquele rosto do que apenas seu sorriso aberto nos lábios finos e os olhos oblíquos.

— Está bem aqui? — ele perguntou.

— Bem melhor — respondeu Mariana, como que despertada de uma distração.

Mariana tinha plena consciência da desvantagem que levava diante de uma plateia só de homens, por ser mulher e, ainda por cima, de uma beleza singular. Seu rosto tinha traços que pareciam desenhados a pincel, que lhe davam contornos incomuns, surpreendentes mesmo. Era magra e alta, mas procurava esconder suas formas em roupas largas ou bufantes, o que, por sorte, combinava com a moda daquele início dos anos 1980. Não podia se deixar distrair com encantamentos fortuitos como aquele, então tratou de se concentrar inteiramente no tema da palestra e responder aos questionamentos do grupo com precisão e objetividade. Era graduada em biologia, e sua dissertação de mestrado tinha sido justamente sobre os impactos socioambientais das usinas hidrelétricas. O assunto na época era de extrema relevância, devido à construção da Hidrelétrica de Tucuruí, que se iniciara em meados dos anos 1970, tida por muitos como uma obra faraônica num tempo em que questões ambientais eram pouco discutidas e amplamente negligenciadas. Mariana, portanto, não conseguia deixar de se sentir, aos olhos daqueles engenheiros, um peixinho dourado gracioso dando sopa num aquário, o que a obrigava a ter uma postura muito cautelosa.

Terminada a palestra, Mariana viu-se finalmente sozinha, então tratou de recolher os slides e desligar o projetor antes de sair. Quando subia o auditório em direção à porta, viu entrar o intrigante Gato de Cheshire.

— Esqueceu alguma coisa? — perguntou Mariana.

— Não. Voltei para perguntar se você quer tomar um café comigo.

O convite foi direto, sem rodeios ou justificativas. Ele não queria saber um pouco mais sobre a necessidade de peixes subirem corredeiras para procriar. A mulher era linda e um tanto exótica. Havia um enigma ali que o deixava louco de curiosidade. E o jeito como ela olhava para ele era, para dizer o mínimo, inusitado.

Mariana sabia que a única resposta possível seria uma desculpa educada para um irredutível não.

— Não tenho tempo agora. Tenho um compromisso no departamento de antropologia. Aliás — disse ela, verificando o relógio de pulso —, já estou atrasada.

— Pode ser mais tarde.

— Desculpa, mas realmente não vai dar. Combinei de encontrar uma amiga no MASP depois do almoço.

— E depois? Tem uma lanchonete ali na Paulista mesmo, em frente ao museu, do outro lado da rua, sabe qual é?

Mariana estranhou a insistência, mas não se incomodou. Ele era talvez uns quinze anos mais velho do que ela, tinha um sorriso cativante e uma voz que lhe pareceu muito familiar, baixa, quase rouca, que parecia sair não da garganta, mas de alguma caixa de ressonância no fundo do peito. Ela o encarou em silêncio por alguns instantes, depois disse:

— Está bem. Pode ser às cinco?

— Pode. Te espero lá.

Mariana já estava saindo, quando se lembrou de perguntar:

– Qual o seu nome mesmo?
Ele riu, hesitou um instante, e depois disse:
– Carlos, me chamo. Ou me chamam.

6

A paixão

A canoa agora se movia lentamente, beirando um vasto manguezal. Por um instante, Carlos se deu conta de que estava muito longe da foz do rio e que, portanto, ali nenhum mangue seria possível. Porém, o cheiro forte de enxofre era inconfundível. As costas, no fundo da canoa, estavam úmidas e pegajosas, a sensação era de que ele estava com o corpo estendido e grudado na lama do mangue. Ao olhar para seus braços e pernas, percebeu que se assemelhavam a troncos retorcidos, o que lhe causou verdadeiro horror. Queria gritar, mas nenhum som lhe saiu do peito ou da garganta. Um pujante grito silencioso percorreu a floresta, transportando a força bruta de seu desamparo.

No orifício da ferida aberta pela flecha, Carlos sentia agora um caroço, e dele viu emergir uma ponta vermelha, na qual reconheceu a haste central da flor de uma bromélia. Ela se abriu rapidamente, arqueando suas folhas-pétalas rubras sobre o ombro de Carlos. Naquele instante, ele compreendeu o sentido da paixão expresso na flor encarnada, nascida no âmago das folhas de uma planta que vive um único ciclo. O círculo, agora sabia, sempre foi composto de nascimento, paixão e morte. Vida era uma palavra imprecisa, criada para encerrar um conceito dissimulado, polido e lavado da existência humana. A palavra certa era paixão, *páthos*, sofrimento, chamas, ritmo – a dança eterna de Shiva.

Uma pétala vermelha da bromélia se soltou e começou a bailar no espaço, transformando-se no lenço de Mariana. Carlos se lembrava agora de todas as vezes que ele desapareceu de sua vida, tal qual o gato de Alice no País das Maravilhas, como a própria Mariana o definia. Alegava para si mesmo que queria manter intacto o amor que sentia por ela. Agora que a morte cravara a foice irreversível em sua carne, Carlos percebia o vazio imenso de seu egoísmo, de sua incapacidade de amar verdadeiramente quem quer que fosse.

Sentiu uns dedos finos e frios se entrelaçarem aos seus na mão direita. O céu agora era de um azul perfeito, entremeado de pequenas nuvens brancas. Sob seu corpo, a sensação de umidade desaparecera; estava deitado na areia muito fina e branca de uma praia do Nordeste, tomado por um sentido absoluto de imensidão à sua volta. Sobre sua cabeça, as folhas de um coqueiro balançavam suas tiras recortadas, empurradas pela brisa do mar que se descortinava logo à frente.

– Está vendo? – perguntou Mariana, erguendo a mão direita, colocando-a no campo de visão de Carlos. – O vento pode até soprar numa mesma direção, de leve ou violentamente, mas não tem sincronia. Por isso que tudo que resulta de seu movimento é tão lindo. Não tem uma nuvem igual a outra, e as tiras do coqueiro se movem desordenadamente, nos dando esse espetáculo de luz e sombras, que mais parece música.

Carlos agora corria descalço junto com outros meninos pelo oleoduto de Cubatão, ao lado da estrada de ferro. A ventania que se anunciava fazia os garotos correrem para a serra, imaginando que poderiam descer voando, levados pelo vento. Carlos tinha certeza de que era possível, ele era pequenino, mas tinha aquele desejo fabuloso de voar e só aterrissar no porto de Santos, onde se esconderia num navio de carga para então sair pelo mundo.

Uma lufada de vento na fronte o fez fechar os olhos instintivamente. Quando abriu, estava no centro do palco de uma concha acústica. De todos os lados, ouvia a voz de Mariana, sobrepondo frases, palavras e versos, que iam e vinham de forma multidirecional, por vezes sussurrados, outras vezes bradados. Olhou para a plateia e a localizou, sozinha, no último banco que fechava o semicírculo. Olhou para ela de viés, com uma expressão de clamor – *pare com isso!* Mariana se levantou e saiu, mas as vozes não cessaram: *centeio imaturo, terra distante, abrir de peixes náufragos, fechar de girassóis mudos, tempo crescido na vindima, braçadas de luz, luas espantadas, despenhadeiros soltos nos desvãos, colheres de fogo, boca nua da sua desacreditada solidão...*

– Então não há beleza na sincronia? – perguntou Carlos.

– Claro que há, mas é uma beleza que nos arrebata por sua potência, por seu poder coletivo de persuasão, pela reunião de forças. Só que ela não é para nós dois. Somos levados pelo vento, às vezes colidimos um com o outro, outras vezes nos roçamos apenas, mas, na maior parte do tempo, nos afastamos mais e mais. Tudo isso pode ser suave ou violento, prazeroso ou devastador, mas nada pode nos reunir num mesmo caminho, Carlito. Nada mesmo. Somos seres do vento, colhidos por ele para servir de alimento às tempestades.

    A canoa voltou a girar na escuridão perfeita da noite. Vindo das margens do rio, Carlos escutava o bramido característico das águas. Logo atrás, a pureza da floresta imensa lhe trazia a certeza de que ali a morte tinha pouco significado. O sentido do crime não existia. Tudo se inseria num ciclo incessante de renovação, no qual não se distinguia vida e morte. Naquela altura, Carlos já não se importava em continuar vivo. Preferia morrer a ter de permanecer naquele purgatório nauseante de alucinações. Queria reunir forças por um instante e girar para fora da embarcação, pois assim se afogaria rapidamente. No entanto, um novo estímulo o segurava à vida. Agora que reencontrara Mariana, depois de tantos anos, uma comoção o devorava – ou seria aquela sede imensa? –, e ele só queria ficar o maior tempo possível com ela naquela canoa, rumo ao nada.

7

O acidente

Esther foi despertada pelo telefone, às onze da manhã, na sua casa, em uma ilha privativa de Angra dos Reis. Ouviu estarrecida a notícia da queda do avião monomotor que havia fretado para buscar, em Belo Horizonte, sua irmã com a família – marido e dois filhos – para os feriados de fim de ano.

– Mas onde? Onde? – gritava ela. – Por quê, meu Deus? Por quê!?

– Na serra da Mantiqueira, não sei exatamente onde, num lugar de mata fechada no sul de Minas. Acho que a visibilidade estava ruim, a gente não sabe ainda. Já localizaram os destroços, um helicóptero da FAB está indo ao local fazer o resgate, vão descer de rapel, amarrar e içar as vítimas.

– Mas eles podem estar vivos? – ela soluçava.

– O avião explodiu, Esther. Sinto muito.

Do outro lado da linha, ouviu-se um grito sufocado num soluço.

– Esther! Tente se acalmar, por favor. Estou chegando aí. Já fretei um barco. Estou a caminho, Esther.

No fim daquela tarde, em São José dos Campos, Esther recebeu a notícia de que sua sobrinha, Mariana, estava viva. Inconsciente, mas praticamente ilesa, tinha sido resgatada com poucas escoriações. Foi encontrada na copa de uma árvore – provavelmente tinha pulado instantes antes de o avião bater no solo e explodir.

Esther conseguiu a remoção de Mariana para um hospital em São Paulo no mesmo dia em que ela despertou. Aparentava estar com os sinais neurológicos em ordem – reflexos e coordenação motora normais, nenhuma paralisia ou perda do controle muscular, ausência de perturbações visuais ou auditivas. Apenas não falava. Porém, diante do trauma que tinha sofrido, os médicos não viam motivo para maiores preocupações. Com o tempo e acompanhamento psicológico, tudo se ajeitaria. De todo modo, seria necessário realizar alguns exames complementares em São Paulo. Quando Esther se aproximou do leito para falar com Mariana e lhe assegurar que tudo ficaria bem, a menina pareceu não a reconhecer.

Esther e Lívia nasceram em uma rica família paulistana e passaram a infância num casarão da Vila Mariana, na década de 1940. A riqueza era fruto da herança da mãe, mas também dos empreendimentos do pai, industrial visionário que vivia exclusivamente para o trabalho. Esther, a mais velha, dizia ter herdado o temperamento da avó, que, obrigada a se casar com um homem quarenta anos mais velho, não se fez de rogada; enfileirou amantes pela vida toda. O mais célebre deles teria sido Enrico Caruso, que se apresentou no Teatro Municipal de São Paulo em 1917, conquistador emérito que também colecionava paixões de uma noite pelas cidades por onde passava em suas turnês. Do tórrido encontro, teria nascido a única filha do casal, justamente a mãe de Esther e Lívia. Esther sempre proclamou com convicção a ideia de que só se casaria com alguém cuja fortuna fosse maior do que a sua, e que jamais teria filhos. Não lhe foi difícil alcançar esses objetivos, assim como não teria sido para Lívia, se não tivesse o pensamento oposto ao de sua irmã. A caçula só sonhava com um amor infinito, objetivo este obviamente mais difícil de se alcançar, assunto de muitas brigas entre as irmãs e motivo de deboche constante de Esther. Foi a irmã mais velha, no entanto, quem primeiro se apaixonou, aos dezessete anos, pelo guarda-vidas da piscina do clube, um rapaz atlético com olhos azuis e a pele queimada de sol. Os beijos e amassos que davam escondidos atrás do vestiário não passaram despercebidos por algum sócio do clube, e o rapaz foi sumariamente despedido e proibido de se aproximar de Esther. Ela chorou durante uma semana sem parar, para imensa consternação da irmã, que traçava para ela planos de fuga com o galã pobre da piscina. Um mês depois, Esther estava recomposta e pronta para novos beijos de cinema, enquanto Lívia continuava a tratar o romance da irmã como a história de amor mais linda de todos os tempos. Esther acabou por se casar com um milionário gay. Não tiveram filhos, mas sim amantes, muitos, pela vida inteira. Lívia casou-se com um professor de história, charmoso e sem vintém, teve dois filhos e foi morar em Belo Horizonte.

 Esther nem pestanejou quanto a ficar com a guarda de Mariana. A culpa falava altíssimo na tragédia. No lado paterno, havia familiares também dispostos a adotá-la, mas

Esther reivindicou energicamente sua posição de parente mais próximo. Mariana não tinha avós, paternos ou maternos; acabara de completar onze anos e não tinha preferências, uma vez que não se lembrava de ninguém. Aceitou a excêntrica tia Esther como algo que pertencia à sua vida e tratou de viver como se tudo tivesse acabado de começar. Não demorou, no entanto, para perceber que o marco "acabado de começar" se renovava a cada dia, pois, como nos sonhos, até as lembranças do dia anterior eram inconsistentes e entrecortadas. Com o tempo, algumas coisas se fixavam por repetição, como a fisionomia dos tios e demais pessoas e lugares que passaram a fazer parte de seu cotidiano. Em poucos dias, não encontrou maiores dificuldades em localizar os banheiros ou o seu quarto no palacete de Higienópolis onde foi morar. Os acontecimentos, entretanto, não se fixavam na sua memória por nada neste mundo.

Para surpresa de todos, inclusive dos terapeutas que a acompanhavam, logo ficou claro que o arcabouço cognitivo de Mariana estava intocado. Ela sabia ler e escrever, tinha memória perfeita dos conteúdos de tudo que tinha aprendido até ali, inclusive das línguas estrangeiras que seus pais lhe haviam ensinado – inglês e espanhol. Com isso, os médicos passaram a recomendar que ela escrevesse, antes de dormir, dois diários, um onde deveria narrar os acontecimentos do dia e outro que serviria como agenda para os próximos dias, de acordo com o que fosse surgindo no seu cotidiano. Esther, com seu espírito prático irretocável, comprou imediatamente uma Polaroid para que Mariana fosse fotografando as coisas que via e anotando, no verso da imagem, as devidas referências. Parecia claro como o dia que, com essas providências, a menina logo, logo recuperaria a capacidade de memorizar sua própria história.

As coisas, porém, não se revelaram tão simples assim. Como tudo era novidade e espanto, Mariana fazia muito pouco uso da máquina fotográfica, sem contar que tinha vergonha de tirar fotos das pessoas. O pior de tudo foi descobrir que retratos não ajudam a reconhecer pessoas quando falta a memória. O congelar de um instante não corresponde ao conjunto dinâmico de uma pessoa viva. Era mais eficaz tentar fixar um detalhe que chamasse atenção em cada pessoa, fosse uma forma de gesticular, a cor de um batom, ou um tom de voz que tivesse alguma peculiaridade que Mariana pudesse guardar. Quanto aos diários do passado e do futuro, não tinha ânimo para escrever, especialmente o do passado. O relato do dia anterior, que lia quando acordava, causava-lhe grande constrangimento, pois, novamente, sem a memória, tudo se afigurava terrivelmente enfadonho e sem sentido. Preferia viver sem aquilo. A dúvida sobre o sentido da existência passou a habitar seus pensamentos de forma quase permanente. Mas as novidades de cada dia a mantinham alerta, distraída e curiosa.

No entanto, sem o futuro, as coisas se complicavam bastante. Mariana descobriu, afinal, que era até possível viver o presente desprovido de passado – essa era a sua realidade, afinal –, mas jamais desprovido de futuro. Era o futuro que dizia a Mariana quem ela era, não o passado, ao contrário do que os médicos pensavam. Uma vez anotada, sua rotina para os dias seguintes se transformava num roteiro que ela seguia sem percalços, personagem segura e consciente dos diversos tablados da sua existência.

8

A livraria

Mariana estendeu a folha de sua redação a Joel. Fazia pouco mais de um ano que ela frequentava a livraria dele, a caminho da escola. Joel tinha até reformado uma cadeira de pau bem antiga para ela se sentar. Perguntou de que cor preferia que fosse pintada.

— Amarelo — respondeu Mariana sem pestanejar.

Naquela manhã, ela levou para ele ler a redação que tinha sido pedida na aula de português. O título deveria ser: "O quintal da minha infância". A professora tinha explicado que a palavra quintal não precisava ser interpretada ao pé da letra, podendo se referir a qualquer lugar — rua, clube, campinho — que fosse o palco das brincadeiras de cada um na infância. Mariana vinha chateada com aquela tarefa, parecia até que a professora não sabia de sua condição. Falou para Joel que ia inventar uma história de mentira descarada, com amigas imaginárias e pronto. Ele concordou que era uma boa ideia, que todo mundo provavelmente ia mentir um bocado também, até quem tinha a memória perfeita. E a mentira dela não seria mais reprovável que a de ninguém. Depois pediu para ler a redação quando ficasse pronta. Mariana e Joel contavam muitas histórias um para o outro, todas tiradas de livros. Foi Joel que contou a Mariana toda a trama de *Capitães da areia*. Ela teve sua primeira paixão de menina por Pedro Bala. Sentia-se a própria Dora nos braços de seu líder revolucionário, tanto que comprou o livro para ler à noite na cama, antes de dormir.

Joel sentou-se atrás do balcão para ler a redação, enquanto Mariana passeava pelo labirinto de livros empoeirados. Ela o alertou de que tinha desistido de contar mentiras e resolveu dizer somente a verdade. Ele ergueu as sobrancelhas e disse:

– Vejamos isso, então.

Quando nasci, já tinha onze anos. Antes disso, tive outro nascimento e outra infância, mas não me lembro. Sei que nessa época tive pai, mãe e um irmão, todos muito bonitos nas fotografias que me mostram. Essa outra eu, que também está nas fotos, gostava de fazer caretas. Hoje não vejo tanta graça nisso, então não posso contar como era e do que gostava a menina que fazia caretas. Sei que todos nós estávamos no avião que caiu. Eu morri primeiro e saí voando para o céu, achando que lá seria meu novo lar, mas me jogaram de volta. Não sei o motivo disso. Não lembro o que foi que eu fiz de ruim para não ser aceita. Tia Esther diz que eu não fiz nada, que eu sou um anjo, e que o soldado que me tirou de cima da árvore onde eu caí disse que eu parecia um anjo mesmo, com os cabelos espalhados parecendo asas. Não sei. Minha tia está sempre querendo me agradar para eu não ficar triste. Mas não fico. Tristeza não sei direito o que é, quer dizer, sei pelo que leio nos livros.

Mas então fica difícil eu contar como era o quintal da minha infância, porque só tenho dois anos de vida. Mas vou contar mesmo assim. Tudo começou com uma árvore enorme onde eu nasci e fui encontrada pregada como uma aranha em uma teia. Aí vieram os soldados para me tirar de lá, e eu voei. Nasci voando, e disso me lembro bem, porque sonho com meu nascimento quase todas as manhãs. Depois fui morar com a tia Esther e o tio Otto em uma casa muito grande e vazia. Pensei em escrever aqui que essa casa podia ser o meu quintal, mas duvido muito que seja, porque a gente não pode encostar em quase nada. Pensei mais um pouco e achei a resposta. Claro! O quintal da minha infância é a livraria do Joel, onde passo todas as manhãs antes de ir para a escola. Nela vivo muitas aventuras. O Joel é meu amigo e às vezes até aceita me chamar de Dora, só de brincadeira, porque sabe que eu gosto. A Ritinha, que trabalha lá, também brinca com a gente, quando não está reclamando dos preços das coisas no mercado ou me vigiando para eu não sujar meu uniforme na poeira dos livros.

Joel compra mapas antigos para vender na livraria. Fazemos muitas viagens legais com aqueles mapas. Falo para Ritinha que no tempo dos mapas ninguém precisava de dinheiro, porque a gente trocava o que tinha pelo que não tinha. Assim, se ela quisesse comprar feijão, era só levar as Memórias da Emília *ou o* Meu pé de laranja lima *para trocar. Ritinha fica feliz quando viajamos pelo mundo todo.*

Então, é como eu disse, e tenho certeza de que é a maior verdade deste mundo. Joel é meu melhor amigo, e a livraria dele é o quintal em que vivo muitas aventuras todos os dias, e até faço algumas caretas quando quero fingir que sou outra pessoa.

Joel devolveu a redação para Mariana, tentando esconder a comoção, mas com uma vontade enorme de pegá-la no colo e abraçá-la. Porém, não se permitia tocar na menina, sob nenhuma hipótese. Então disse:
— Acho que ficou muito bom! Você deu uma boa lição nessa sua professora, hein? Ela achou que ia te pegar sem quintal? Sem infância? Que boboca!
Mariana deu uma risada bem alta e correu para a escola, triunfante.

9

Através do espelho

— Sinceramente, Mariana? Chorar não quer dizer nada. Um homem quando chora é por causa do próprio ego, porque se viu diminuído de alguma maneira. Homem só chora se seu pau é cortado! Quer dizer que ele descobriu de repente que é louco por você, justo agora que está vivendo feliz com o Marcos? Faça-me o favor! Ele chorou? Sinal de que é pior do que eu pensava! Agora quer demonstrar fragilidade, dizer que te abandonou todas as vezes porque era um coitadinho com dramas de consciência? Uma ova! Só queria aparecer quando lhe desse na veneta, ou estivesse de passagem por São Paulo, que ali estava o grande prêmio da sua vida, sempre esperando por ele...

Luiza estava furiosa, as maçãs do rosto vermelhas, os olhos azuis iluminados como diamantes. Mariana ficou em silêncio, deixando que sua amiga botasse para fora todo o desprezo que sentia por Carlos.

— E você cedeu, não foi? — Luiza respirou fundo. — Eu sei, Mariana, da importância que ele teve na sua vida. Nunca desconsiderei isso. Pelo contrário, no início eu achava que ele era *o cara*. A primeira pessoa de quem você guardou lembranças, não só dele, mas de tudo que acontecia entre vocês. E depois ele foi pra Amazônia, e de engenheiro virou um herói nacional em defesa dos indígenas. Era o próprio Pedro Bala, uma paixão para nunca acabar! E ainda tinha a voz do Geraldo Vandré, você dizia! Eu entendia, me comovia, me compadecia da distância entre vocês. Mas agora eu sei, e eu sei porque *você* sabe, que ele é uma farsa, que ele não tem empatia pelas pessoas. Pensa que eu me esqueci de que ele estava em São Paulo quando o Joel morreu? De que você tentou compartilhar a sua tristeza, o seu luto, e tudo que recebeu foi uma resposta lacônica de pêsames? Meu, ele estava em São Paulo! E mesmo que estivesse lá no meio do mato! Joel era como um pai para você. Mais que um pai, porque você o escolheu. Mas Carlos nem se importou com o que você estava sentindo. Se ele tinha planos de te encontrar, desistiu ali mesmo, naquele telefonema, para não ter de assumir nenhuma responsabilidade emocional com você. Esse sujeito só tem empatia por causas abstratas, povos abstratos, não por essa ou por aquela pessoa que sofre. Ou seja, não é empatia porra nenhuma! É só ego, o maior que eu já vi na vida!

– Luiza – Mariana agora tentava interrompê-la. – Luiza, me escuta. Por favor. Só um pouquinho. Eu não sou responsável pelo que ele é nem pelo que ele sente, até porque não sei direito quem ele é, e muito menos o que sente. O Carlos nunca compartilhou nada da vida comigo. Se eu perguntasse alguma coisa específica, ele me respondia em poucas palavras e mudava de assunto.

Então parei de perguntar. A verdade é que só sei quem ele é como figura pública. Mas sei o que eu sinto e o que ele representa para mim. Como ele vive dentro de mim. Não consigo fugir disso. Hoje eu sei que posso viver sem ele, mas não posso ficar sem ele.

Mariana fez uma pausa para tentar apaziguar suas emoções. Depois prosseguiu:

– Você pode me dar todos os argumentos do mundo, e eu posso concordar com todos eles, que não muda nada. Nada! Embora tenha memória de todos os encontros que tivemos pela vida, toda vez que o vejo é como se fosse a primeira vez. É um puta troço contraditório, eu sei! Mas até hoje ninguém conseguiu decifrar o que aconteceu com a minha cabeça quando aquele avião caiu e eu sobrevivi sem nenhuma lembrança para contar. Passei a vida ouvindo os médicos dizerem o quanto era importante formar memória para eu poder ter coerência e cuidado na tomada de decisões. Pois, no único caso em que me lembro de tudo que aconteceu, desde aquele primeiro café que tomamos na lanchonete em frente ao MASP até anteontem, quando nos vimos pela última vez, a minha memória não me auxilia em nada no que se refere a decidir o que faço com Carlos. Ele aparece na minha frente, e o sentimento volta intacto, na mesma hora.

– E ele sabe disso, Mariana! Ele sabe! E não se importa se vai te deixar arrasada novamente.

– Não fico mais arrasada. Já se passaram mais de vinte anos desde aquele primeiro encontro. Não fico mais triste quando ele vai embora. Só volta aquele vazio, que nunca sai de dentro de mim, exceto quando ele retorna. Porque, quando o Carlos aparece, é como se a vida zerasse: tudo entra em foco e faz sentido novamente. Não tem explicação. Tive outros amantes e agora tenho o Marcos, que é a pessoa que eu mais amo neste mundo, e que...

– Mais que o Carlos? – interrompeu Luiza.

– Mais que qualquer pessoa.

– Não mais que o Carlos. Eu sei, você sabe, todo mundo sabe disso, até o Marcos.

– Luiza, a gente pode amar mais de uma pessoa, sem ter que escolher esta ou aquela para colocar no topo da lista. A ideia da lista é cultural e, em si, repugnante. Já vivi com Marcos alguns dos momentos mais intensos e felizes da minha vida. Não vou colocá-lo em nenhum rol de preferências.

– Se ele souber desse seu encontro, vai ficar destruído – apartou Luiza.

– Não vai saber. Não tem por quê. Não quero que ele sofra por nada.

– Mas não é justo com ele.

– O que não é justo? Saber que o Carlos habita meu espírito, meus sonhos? Disso ele sabe. Todo o resto é consequência. Se o Marcos souber que encontrei o Carlos, saberá que nossos corpos se entregaram um ao outro. De minha parte, não deixarei que ele saiba, não vou contar.

– Mas e se ele desconfiar e perguntar? Você vai mentir?

– Eu nunca mentiria para o Marcos. Seria como negar nossa vida, nossa história juntos. Ele sabe disso. Por isso nunca pergunta. Se ele chegar ao ponto de colocar a questão, é porque está pronto para me deixar. E não vai ter nada que eu poderei fazer para impedi-lo.

Mariana ouviu o barulho de chave na porta da sala. Alguns instantes depois, Marcos apareceu, beijou Mariana, abraçou Luiza e falou:

— Que bom que você está aqui. Vai jantar com a gente? Queria que você me ajudasse com a sustentação oral que vou apresentar no júri amanhã. É aquele caso das duas crianças que caíram no poço e a mãe foi indiciada.

— Não está pronta ainda? — perguntou Luiza.

— Tá, sim. Mas tem uns pontos que eu queria ver com você, fazer uns ajustes, não estou satisfeito ainda, acho que falta amarrar melhor.

— Tudo bem. Mariana disse que sobrou um pouco daquele risoto que você fez. Vamos preparar uma salada rapidinho e a gente janta. Ok?

10

Forno-de-jaçanã

Um bando de araras cruzou o céu, fazendo grande arruaça. Uma delas se desgarrou e desceu em direção à canoa. Carlos percebeu a envergadura das asas vermelhas abertas sobre ele e chegou a pensar que ela fincaria as garras em seu peito nu. Pousado no beiral da canoa, o pássaro agora o examinava com curiosidade e gritava, chamando o resto do bando.

Instantes depois, Carlos se viu cercado de cocares multicores e de um cântico grave e abafado, em uníssono. Quase um zumbido. Não havia um xamã no grupo, então Carlos se deu conta de que seu fim estava mesmo próximo. Os homens que usavam cocares não tinham rosto nem pinturas. Eram espíritos.

De repente, os corpos se arquearam para trás, e do meio da circunferência de penas surgiu uma imensa lua cheia, jogando um holofote sobre o rosto de Carlos e tingindo de branco todas as penas convexas. Um forte cheiro adocicado exalava de seu corpo, atraindo uma nuvem de insetos. Em seu peito, cravaram-se dezenas de besouros, como dardos, mas ele não sentia mais medo, horror ou dor. Não sentia mais nada, apenas a consciência de ter-se transformado na flor masculina de uma vitória-régia, que se fecharia ao longo da noite, aprisionando os besouros até se completar a transição para que o ser feminino em seu interior pudesse desabrochar.

– Isso é um erro. Não sou capaz de fecundar o mundo, Mariana. Sou infértil por natureza. O chão que piso é de pedra. E minhas sementes são estéreis. Sirvo somente para a batalha e a morte. Para dar fim ao que excede, estancar o que transborda, decepar as mãos dos abusadores.

– Não, Carlito, isso não é verdade. Seus olhos vivem dentro dos meus, todos eles: os cínicos e os dissimulados, os opacos e os ávidos, os vingativos, os alegres e os distraídos. Conheço cada um dos seus olhares, inclusive os que morrem quando seus lábios procuram os meus. Não existem somente campos de batalha dentro deles, você sabe disso. Para dizer a verdade, o que mais vejo são trincheiras. Aprendi o sentido da palavra trincheira com os seus olhos. Porque eu não tenho nenhuma. Minha vida não me concede. O acidente me tirou todas, se é que um dia as tive.

– Queria só que você me entendesse e não guardasse mágoa de mim. O que a vida me entrega, eu pego, inclusive esse nosso amor. Não penso no que ela vai me ofertar amanhã. Não crio expectativas, não faço agendas. Mas, veja, isso não é uma decisão racional, é simplesmente como eu existo no mundo. O que eu sou hoje foi desenhado no passado, mas minha linha do tempo acaba aqui, agora, no presente, que é justamente onde a sua linha começa. Só temos este instante.

– Então você precisa me contar o que te trouxe até aqui. Você tem esse momento, que já escorre rapidamente, para compartilhar comigo a sua história, inserir sua vida no fluxo de uma narrativa qualquer que pareça verdadeira ao menos para você. Os besouros vão te ajudar.

Carlos sentiu o roçar das pétalas brancas se fechando sobre seu peito. Pouco antes, Mariana tinha molhado o lenço vermelho no rio e espremido água na boca de Carlos. Ela estava sentada ao seu lado, em posição de lótus, sobre a imensa folha verde circular em que tinha se transformado a canoa.

As imagens, que antes passavam em velocidade vertiginosa diante de Carlos, desapareceram. Seus olhos agora se abriam como lentes de uma câmera apontada para um cenário estático, dentro da noite da floresta, pouco antes de a ação se desenrolar e os personagens entrarem no enquadramento.

A mata escura por vezes se movia em escala de cinza através das lentes infravermelhas. Ouviam-se ruídos e estalidos, bater de asas invisíveis, um movimento mais ligeiro nas águas do igarapé. De repente, dois olhos se iluminaram na escuridão, a uma altura de pouco mais de um metro e meio do chão. Carlos não hesitou. Puxou o gatilho e abateu o perseguidor que o rastreava pela mata havia quase uma hora.

Logo depois, a câmera enquadrou Mariana, que se mantinha imóvel, em meditação. De seus olhos fechados, duas lágrimas escorreram brevemente. Sua imagem tinha se transformado em um desenho de animação cuidadosamente colorido, no qual ela ganhara asas. Mariana então se levantou e saiu voando no ritmo oscilante de uma borboleta.

11

Memória

– Oi. Lembra de mim?

Mariana não se lembrava, nem vagamente, do homem parado em frente à sua mesa. Por isso, deduziu que era alguém que tinha conhecido em alguma circunstância aleatória, com quem tivera contato superficial, e não naquele ambiente – a lanchonete da universidade. Então ofereceu seu melhor sorriso.

– Não. Mas a culpa não é sua, é minha, posso te garantir, não precisa ficar constrangido.

– Não, tudo bem. Luiza me disse que talvez você não se lembrasse de mim, caso nos reencontrássemos. Ela me contou, por alto, da condição peculiar da sua memória.

– Luiza?

– Sim. Ela nos apresentou outro dia, na saída do Teatro Oficina. Da Luiza você se lembra, certo?

– Sim, claro! – Mariana deu uma risada. – Minha amiga de muitos anos. Impossível esquecê-la! Ela me mataria – arrematou, com bom humor.

Mariana fitou o homem demoradamente, em busca de algum registro de sua fisionomia ou voz que ela tivesse conseguido reter. Era uma figura até certo ponto singular. Alto, de ombros largos, vestido com a elegância exata que só a simplicidade consegue alcançar. A pele morena, quase negra, os cabelos castanho-claros enrolados no limite da anarquia, os dentes grandes no sorriso largo. E o sotaque baiano, aquela sonoridade deliciosa de se ouvir. Como ela podia não se lembrar de nada? Ele era muito atraente. Enquanto o examinava, percebeu que ele segurava um copo de café.

– Quer se sentar? – perguntou ela, apontando para a cadeira em frente, porém já arrependida do oferecimento.

– Posso?

– Sim, por favor.

– Teremos que começar do início, eu suponho – ele arriscou.

– Com certeza – ela riu.

– Eu sou o Marcos, colega de faculdade da Luiza. Éramos da mesma turma, nos formamos juntos. Quando nos encontramos no teatro, semana passada, fazia muito tempo que a gente não se via. Morei em Frankfurt nos últimos anos.

Mariana o escutava compenetrada, como se o assunto exigisse grande atenção. Era sua tentativa de absorver os elementos necessários para reconhecê-lo numa ocasião futura. No teatro, ela não conseguiu fazer o registro daquele encontro, por razões fáceis de entender. Tinha sido o espetáculo de reabertura do Teatro Oficina, com a montagem histriônica de *Ham-let* por José Celso Martinez Corrêa. Na saída, Mariana estava atônita com tudo – o teatro sem palco, o teto móvel, o público postado nas laterais em desvairada interação com os atores, cujos personagens literalmente trombavam na plateia, numa entrega às cegas que ia muito além do conceito de tirar o espectador da zona de conforto. Tratava-se de uma catarse dionisíaca.

– Entendi. Você me desculpa. Hoje em dia é raro acontecer isso, de eu esquecer completamente de alguém. Pode ser difícil me lembrar de tudo, mas sempre fica algum resquício. Tenho técnicas – disse ela sorrindo, um pouco embaraçada.

– Não se preocupe, está tudo bem. Mas você se lembra de ter ido ao teatro? Lembra do que assistiu?

– Onde você disse que foi? No Teatro Oficina? Sim, aquela coisa de doido... – ela riu. – Aquilo foi uma experiência, né? Luiza me disse que durou cinco horas, foi isso mesmo? Mal posso acreditar que fiquei lá esse tempo todo. Até hoje não sei dizer direito o que foi aquilo. Confesso que me apeguei à música para ter um chão. Achei os músicos excelentes, eles que ditaram o ritmo da peça. Tenho muita lembrança do ritmo.

– Sim, foi uma orgia, a coisa mais subversiva que já assisti. Difícil de esquecer, mas ao mesmo tempo difícil de lembrar dentro de um eixo narrativo. Uma experiência, como você disse. Acho que foi a primeira vez em muitos anos, desde que vim pra São Paulo, que consegui ter um vislumbre do que é a alma desta cidade, esta terra de Silvio Santos e Paulo Maluf, mas também de Rita Lee e de Zé Celso.

– Sim, é esse contraste que melhor define São Paulo. Mas suponhamos que tivesse sido uma peça convencional.

Nesse caso, eu conseguiria me lembrar de praticamente tudo relativo ao espetáculo, como qualquer outra pessoa, da mesma forma que me lembro dos livros que li ou dos filmes que vi no cinema. Os acontecimentos fortuitos é que não gravo muito bem ainda. Minha memória guarda o essencial e varre para não sei onde o trivial do cotidiano. Não saberia te dizer como eu e Luiza chegamos lá, por exemplo, se de carro ou de táxi, coisas assim me escapam totalmente. De você, admito que deveria ter alguma lembrança, mas você apareceu aqui, agora, descontextualizado, aí me complicou...

– Mas, com o tempo ou com a repetição, não sei, você passa a se lembrar das pessoas, eu imagino. Da Luiza, por exemplo. Basta eu falar o nome dela que você sabe quem é.

– Sim, a repetição forma o hábito, e o hábito não precisa da memória. Penso que a repetição é responsável pela formação do meu eu, e talvez não só do meu, mas o de todos nós. O hábito define quem nós somos. Por exemplo, tenho certeza de que você não precisaria se lembrar de ter vivido em Frankfurt nos últimos anos para ter perfeita noção de quem você é e de quem são as pessoas da sua vida.

– Sério? Nunca pensei nisso. E de que forma você percebe a passagem do tempo? Sem esse trivial do que aconteceu ontem e no passado de forma geral?

– Como todo mundo, eu acho. Ou não, talvez eu não tenha como saber. A noção de passado depende essencialmente da memória, isso é certo. Eu também tenho a noção do tempo cronológico, como todo mundo. Apenas sua duração é muito curta, é o espaço entre dois sonos.

Nesse período, a memória funciona normalmente. É só quando durmo que muita coisa se esfumaça. Mas já foi bem pior, acredite. Durante muito tempo, o passado era praticamente um branco total.

— E a memória de longo prazo?

— Essa é ainda mais complexa, porque não tenho régua para ela. Daí não sei se estou misturando lembranças ou até inventando mesmo. Mas às vezes me dou conta da existência de um tempo mais distante, quando descubro que mudei, que não sou mais a mesma pessoa. Acho que todo mundo percebe, em algum momento, que sua identidade muda com o passar dos anos. Somos seres cambiantes no tempo. Quando uma música, por exemplo, te faz lembrar de um acontecimento ou de uma época da sua vida, você está, na verdade, lembrando de si mesmo, de quem você era e de como percebia o mundo naquela altura da vida. Esse tipo de memória antiga eu tenho, mesmo sem régua para medir ao certo em que ponto da linha do tempo aquilo se deu. E dependo da música, da literatura ou do cinema para perceber a passagem do tempo. Acontece, por exemplo, quando revejo ou releio coisas com que tive contato há muitos anos. Aí consigo me lembrar de quem eu era e de que sensibilidade tinha na época, e de como tudo isso mudou, ou não.

Mariana percebeu que a conversa já ia longe e que, como acontecia algumas vezes, tinha se deixado expor demasiadamente a um estranho, portanto decidiu interromper a conversa. Tinha terminado o café, então olhou para o relógio de pulso e declarou, já se levantando, que precisava ir.

— Tenho uma turma agora. Prazer em te conhecer... de novo! — disse ela, estendendo a mão direita para Marcos.

— E como faço para você não me esquecer novamente? — perguntou Marcos.

— Ih! Aí vamos ter que contar com a sorte — respondeu Mariana, com uma expressão divertida. — Estou brincando, não me esquecerei.

12

Déjà-vu

— Só tenho memória daquilo que não vivi.

Foi assim que, pela primeira vez, Mariana tentou explicar ao seu amigo livreiro a condição de oblívio em que vivia. Joel estranhou a contradição da sentença, mas não pôde estender conversa com a menina. A livraria estava muito movimentada naquela manhã.

À noite, já em casa, Joel não tinha mais certeza da frase que Mariana dissera. Estava claro que havia algo de estranho com a menina que passara a frequentar diariamente sua livraria: o olhar de quem estava sempre diante de uma novidade, a sucessão de reações espontâneas a situações repetidas, o hábito de anotar aquilo que lhe parecia importante em uma caderneta – havia todo um conjunto insólito de atitudes naquela criança bonita, rica e inteligente. Aquela frase surgiu quando Joel a confrontou no momento em que, pela segunda ou terceira vez, ela demostrou surpresa diante de um quadro de borboletas que Joel tinha atrás do balcão.

— Mas você já viu esse quadro. Já conversamos sobre ele.

— Humm. Não me lembro direito.

— Como assim, não se lembra? — perguntou Joel. — Falamos sobre ele mais de uma vez.

— Só me lembro daquilo que eu não vivi.

Sim, foi isso que ela disse, pensou Joel. Mas uma coisa era ter uma memória ruim; outra, completamente diferente, era afirmar ter memória de algo que não aconteceu. Não fazia sentido. Na próxima visita, ele teria uma conversa com ela.

No dia seguinte, sentada na cadeirinha amarela, Mariana estava aborrecida.

— Mas o que foi que eu fiz, tio Joel? Já te expliquei que tenho dificuldade com as lembranças.

— Eu sei, querida. Você não fez nada. Não estou brigando. Só queria entender melhor.

— O quê?

— Você me contou que teve o acidente e que não se lembra de nada que aconteceu antes dele.

— Sim.

— Mas você também esquece de coisas que a gente conversou ontem.

— É... também. Depois que durmo, esqueço de quase tudo.

Joel sentiu um aperto no peito. Aquela criança não deveria andar pelas ruas sozinha, mesmo que a distância de casa para a escola fosse de apenas dois quarteirões. Aquilo não estava certo. Sem memória, ela ficava completamente vulnerável. A partir daquele dia, Joel delegou a Rita a responsabilidade de acompanhar diariamente a menina até a escola, vigiando para não deixar ninguém se aproximar de Mariana ou puxar conversa com ela.

— Entendi. Você já contou isso para alguém? Sua tia sabe? Já te levou ao médico?

— Ah, todo mundo sabe disso, até na escola. Vou ao médico toda semana. Ele quer que eu anote tudo que acontece para poder lembrar depois — explicou Mariana.

— E você faz isso?

Mariana soltou um estalo de impaciência.

— Só escrevo as coisas de que eu gosto muito, como as que acontecem aqui na sua loja. Mas é muito chato anotar tudo. E escrever não faz eu me lembrar de nada. Tia Esther fala para eu anotar só o que é importante. Mas como vou saber o que é importante? O quadro das borboletas é importante? Se duvidar, eu até anotei, só que não me lembro.

— Mas você não se lembra de nada, *nadinha*, do que falamos sobre as borboletas?

— Só um pouquinho. Quando você repete, tenho uma lembrança bem lá longe de que já tivemos aquela conversa. Se você tiver paciência, um dia eu paro de perguntar, prometo.

Joel sorriu.

— Pode deixar, vou ter paciência, sim, o quanto você precisar. Só queria entender o que acontece aí na sua cacholinha — disse Joel, encostando o dedo indicador na testa da menina.

— *Cacholinha?* — Mariana soltou uma gargalhada. — Essa eu vou anotar! — disse ela, puxando a caderneta de dentro da bolsa.

Joel percebeu que o caderno era cheio de desenhos, mais até do que de palavras. E desenhos incrivelmente bem-feitos, detalhados e sombreados. De repente, ela suspendeu o lápis, pensativa.

— *Cacholinha* se escreve com *ch*? — perguntou.

Joel não sabia. Disse que sim, mas pediu para ela confirmar com a professora no colégio.

Havia uma consequência inusitada na falta de memória de Mariana, da qual Joel se deu conta naquele instante. Toda vez que ela se referia ao quadro de borboletas, por exemplo, Joel basicamente repetia o que dissera nas vezes anteriores. Mariana, não. Ela sempre fazia um comentário imprevisível, relativo a um aspecto diferente do quadro. A falta da memória ampliava sobremaneira as possibilidades de ela enxergar diferentes aspectos de uma mesma realidade.

— Posso te fazer só mais uma pergunta? — indagou Joel.

Mariana soltou outro muxoxo, mas assentiu com a cabeça.

— Você disse ontem que só tem memória do que ainda não aconteceu. O que você quis dizer com isso? — perguntou Joel.

— Eu falei isso? — retrucou Mariana.

— Sim, acho que foi isso que você disse.

Mariana ficou em silêncio por alguns instantes.

— Vou te contar uma coisa, mas é segredo. Você não pode contar pra ninguém — disse ela finalmente.

Joel ficou sério, sem saber se aquilo era correto. Ele não teria mesmo a quem contar, mas a intimidade de um segredo era algo que o incomodava um pouco.

— Pode falar — disse ele.

— Promete que não vai contar?

— Prometo.

— Não é lembrança, é outra coisa que eu tenho, a toda hora. Uma sensação estranha de repetição.

— Repetição? — estranhou Joel.

— Como se uma coisa que está acontecendo agora já tivesse acontecido antes, igualzinho, sem tirar nem pôr. Às vezes, consigo saber até o que vai acontecer logo depois. No início, como eu não tenho memória de ontem, nem de anteontem, nem de nada para trás, achava que estava me lembrando de uma coisa que já tivesse acontecido igual. Mas não. É diferente. Lembrar é outra coisa. Por exemplo... Humm... Eu me lembro de tudo que aconteceu desde que entrei aqui hoje, da nossa conversa toda, de tudo. Lembrar é isso que eu estou fazendo agora. Lembrando das coisas que aconteceram antes de agora. A repetição é outra coisa, não é lembrar. É reviver uma coisa, sabe? Ou melhor, é viver uma coisa nova como se ela já tivesse acontecido. Acho que é assim. Não consigo explicar direito. Não quero ficar falando para as pessoas não me acharem mais doida ainda.

Joel escutava com atenção.

— E isso acontece com que frequência? — perguntou Joel.

— A toda hora, uai! Todo dia, várias vezes.

— Já aconteceu hoje, aqui, depois que você chegou?

— Sim, logo que eu sentei aqui e você agachou na minha frente para falar do quadro das borboletas.

— Mariana, vou te falar uma coisa e preciso que você confie em mim, porque eu estou dizendo a verdade. Sempre só vou dizer a verdade para você. Te prometo, está bem?

Mariana assentiu com a cabeça, e Joel prosseguiu:

– Isso que você tem acontece com outras pessoas. Talvez não assim, a toda hora, como você diz. Mas não é coisa de gente doida, não. Eu, se fosse você, contaria para o seu médico. Acho que ele pode entender isso, sim.

Mariana suspirou, de cara amarrada.

– Mas ele é chato, tio Joel! Me trata feito bebê ou como se eu fosse burra. Daí não respondo nada, que é para ele me achar burra mesmo e me deixar em paz.

– Já falou para a sua tia que você não gosta do médico?

– Um montão de vezes! Não adianta. Ela diz que ele é o mais caro de São Paulo, do Brasil, do mundo, sei lá!

Mais caro, pensou Joel. Era isso. Basta custar muito dinheiro para ser o melhor do mundo. Se ele tivesse alguma chance de ser ouvido, falaria com a tia de Mariana. Mas tinha certeza de que, se ela soubesse que a menina frequentava aquela livraria suja e conversava com o livreiro negro e pobre, tudo que conseguiria seria a proibição de que a menina pisasse na sua loja.

– Entendi – disse Joel, devagar. – Mas comigo você pode falar. Aqui, um não larga a mão do outro. Não tenho estudo, mas podemos conversar sempre que você quiser. Não precisa guardar os segredos todos na cacholinha.

Mariana deu uma risada.

– Como não tem estudo? E esses livros todos aqui que você lê? Não servem para nada? Você é muito estudado, tio Joel, a pessoa mais estudada que eu conheço!

Joel soltou uma gargalhada e apressou Mariana para a escola. Estava quase na hora de o sinal bater.

13

O Gato de Cheshire

O vernissage estava marcado para as vinte horas daquela sexta-feira. O pátio da galeria em Pinheiros estava lotado antes mesmo da abertura da exposição. Nas paredes, várias versões, em diferentes formatos e cores, dos olhos e do sorriso do Gato de Cheshire. Cada tela continha uma expressão peculiar, nunca repetida. A escolha do quadro, entre os clientes que afluíam à galeria, se daria por fatores estritamente pessoais e inexprimíveis por palavras. Era essa a ideia. Memória e subjetividade.

Nos espaços vazios das paredes da galeria, entre os quadros, sob e sobre eles, Mariana fez projetar, com alternância de luz e sombras, os dizeres:

me chamo
ou me chamam

Aquela era a segunda exposição de pinturas a óleo de Mariana. A anterior, após estrear em São Paulo, tinha percorrido galerias em Brasília, Buenos Aires e Nova York. Essa primeira mostra teve borboletas como tema, que se espalhavam pelas telas em cores e recortes únicos.

Todos os quadros tinham sido vendidos, e a expectativa era que desta vez não seria diferente.

Mariana tinha começado a pintar telas grandes depois de se aposentar na universidade. A pintura sempre fora um hobby para ela, mas ganhou outra dimensão com o advento do tempo livre. Marcos teve de insistir muito no projeto da primeira exposição para convencer Mariana.

— Pelo amor de Deus, você precisa libertar essas borboletas, até para poder *se* libertar delas também — disse ele, certa vez, ao chegar no ateliê e ver a quantidade de telas sobrepostas no chão, encostadas nas paredes.

Durante a exposição, enquanto conversava em uma roda de amigos, Mariana teve a nítida sensação de estar sendo observada, o que seria perfeitamente natural, considerando que naquele momento ela era, de fato, o centro das atenções. No entanto, mesmo não o tendo visto, Mariana soube que Carlos estava por perto, e esta certeza vinha de sua memória.

Depois de muitos anos de prática diária de meditação, Mariana tinha, ocasionalmente, a percepção de que sua memória, que nunca residiu em uma linha de tempo estável, se materializava no presente, como nos sonhos, quando o cérebro emite ondas cerebrais muito grandes e de baixa frequência. Nesses momentos, sua percepção da realidade mudava completamente, e instaurava-se uma nova ambiência, em que a luminosidade baixava e ela podia perceber cheiros, sons e cores inteiramente diferentes dos que ela percebia momentos antes. Ali, na exposição, a experiência durou poucos segundos, que, no entanto, foram suficientes para que Mariana percebesse uma movimentação de passos, um corpo que se movia sem ser visto. Carlos estava ali, invisível, ocultando-se nos olhos e nos sorrisos de seus quadros.

Alguns minutos depois, Priscila, a cerimonialista, aproximou-se para avisar que um senhor havia deixado uma caixa para Mariana na recepção.

— Obrigada, Priscila, se você puder guardar para mim, na saída eu pego — disse Mariana.

— Claro! — Priscila hesitou. — Mas seria bom se você pudesse dar uma olhada nela antes.

Mariana franziu a testa.

— Por quê? — perguntou.

— Não, nada demais. É só que é uma caixa muito grande.

Mariana pediu licença ao grupo que a rodeava e foi até a recepção com Priscila. De longe, viu a imensa caixa de papelão envolta com uma larga fita de seda verde atada em laço sobre a tampa. Ficou paralisada, a respiração suspensa por alguns instantes. Estava diante de uma promessa feita há trinta anos, da qual se lembrava perfeitamente, com nitidez de detalhes, como se uma tela de cinema tivesse descido diante dos seus olhos e começado a projetar um filme. Mariana então se aproximou, desatou o laço, abriu a tampa e olhou para o interior da caixa. Estava vazia.

A luz do teto iluminou o fundo da caixa, revelando uma frase escrita com pincel atômico azul:

**Nunca vou parar de te olhar
nem de sorrir para você**

Priscila ficou imediatamente em alerta. Falou em ligar para a polícia e chamou o chefe da segurança para pedir o resgate das imagens das câmeras de vigilância da galeria. Mariana a interrompeu:

— Não é necessário nada disso. Só te peço que encaminhe essa caixa para o ateliê. Não vou levar para casa.

— Mas, Mariana, isso é muito estranho, ameaçador mesmo — advertiu Priscila. — Olha o tamanho dessa caixa. Está vazia. Que sentido isso tem? E essa coisa escrita? Parece coisa de *stalker*. Quem pode ter enviado?

— Eu sei quem foi, não se preocupe — disse Mariana com muita tranquilidade, refazendo o laço de fita sobre a caixa.

— Sabe? E quem foi?

Mariana olhou novamente para a caixa e soltou um suspiro quase imperceptível, enquanto balançava a cabeça levemente.

— O Gato de Cheshire.

14

Canaimé

Desde que se transformara em flor, o corpo-barco de Carlos permaneceu imóvel junto à margem do rio. Do interior da mata, ele escutou o ruído de um animal bípede que se movimentava em sua direção. Pouco depois, a criatura saltou sobre a folha circular, no mesmo ponto onde, instantes antes, Mariana meditava. A horrenda figura, meio humana, meio bicho, carregava a ira no olhar.

Ouvi dizer que um Canaimé estava a morrer nestas paragens. Somos muitos. Mas agora terá de provar que é um de nós, ou aqui, nesta tua cova, irei sugar toda a seiva que existe em ti, pois certeza que eu sou um Canaimé.

As narinas do animal se inflavam compassadamente, farejando sua presa com avidez.

Sim, como um de nós, percebo que é um intruso, não espera ser chamado e se achega, cheio de intenções. Sabe ficar invisível e se misturar entre suas vítimas, ardiloso e assassino. Das plantas, aprendeu a magia, sabe curar, enfeitiçar e matar. Mas é mesmo um Canaimé? Ou só um homem branco, estúpido e comum?

A criatura pareceu se enojar, limpou a garganta com um ruído gutural e soltou enorme cusparada sobre as pétalas fechadas no peito de Carlos.

Vejo que esconde tudo atrás de seus olhos como só um grande mentiroso sabe fazer. Mas às vezes te pedem justiça e você atende. Sabe se transformar como poucos no medo e na vergonha das gentes. A fúria te domina, mas também as paixões viris, por isso não acolhe a mulher que domina teus pensamentos. Porém, não é capaz de tirá-la de dentro de ti. Quer se esconder, mas não consegue. Então não é Canaimé. Ou seria capaz de matá-la?

Carlos nada respondia. Na verdade, sentia que a voz do Canaimé saía de seu próprio peito, proferida em meio ao zumbido dos besouros aprisionados. Aguardava sua sentença em silêncio. Não lhe importava qual seria seu fim. Se tivesse sua seiva sugada pela criatura medonha e demoníaca, portadora do mal entre os homens, ou se fosse transformado em bago da vitória-régia, pouca diferença faria. Não desejava, naquele momento, justificar suas ações no mundo. Fosse como semente da flor perfumada ou da devastação prenunciada, seu corpo seria devolvido à natureza, onde o bem e o mal residiam em condições de igualdade.

Seu erro foi se meter com os Wapichana, porque você não sabe falar. Achava mesmo que ficar em silêncio seria a melhor maneira de não se dar a conhecer? Quanta estupidez! Quanto menos você fala, mais eles acreditam que você é um animal, que estava a caminho de se tornar humano, mas se perdeu. Para eles, você não era mais que um cavalo ou um cão de guarda. Depois, te tomaram por um Canaimé, e não sem motivo, o que – tenho certeza agora – você nunca foi. Num mundo criado nas batalhas verbais entre os demiurgos, só sendo muito burro para não entender que a fala é a sua alma, e que se calar é denunciar sua ausência de alma, sua ausência de humanidade. Pode funcionar lá, entre os brancos, mas aqui significa que você não percebe sequer a diferença entre o que aconteceu e o que ainda vai acontecer.

Carlos só desejava que aquilo acabasse logo. Não pediu e não queria a oportunidade de virar semente vegetal na Amazônia. Queria ser esquecido, varrido da superfície do planeta sem deixar rastros, sem que restasse nenhum conhecido para contar sua história, vasculhar seus submundos, desencavar suas paixões e seus crimes. Talvez não fosse humano mesmo, como dizia o Canaimé, pois desejava acima de tudo renunciar ao seu passado, à sua história, à sua passagem pela vida. Se pudesse pedir alguma coisa, pediria que Mariana voltasse e presenciasse sua desintegração no inferno verde da floresta. Mas sabia que não tinha direito a esse privilégio, por todas as vezes que ele a abandonou e ela o perdoou.

O Canaimé deslizou a garra que ostentava em seu indicador esquerdo no peito de Carlos, fechado pelas pétalas que já se tornavam lilás.

Não vou sugar sua seiva, branco imundo, porque tudo já vai podre no seu âmago. Preciso de vida, não de morte, para fortalecer minha foice.

Em seguida, saltou de volta para a floresta, deixando Carlos no ponto mais profundo da sua solidão.

15

O Lunático

Carlos e Mariana jantavam em um restaurante na Brigadeiro Luís Antônio, quando o pager de Carlos começou a vibrar. Na verdade, já tinha vibrado outras cinco vezes, o que não passou despercebido por Mariana.

– Não quer saber o que é? – ela perguntou.

– Nada me fará tirar os olhos de você esta noite – disse Carlos, com seu melhor sorriso sedutor.

– Não diga isso. Você não está com esse aparelhinho clipado no seu cinto sem motivo. Vamos, olhe. Está me dando aflição.

Carlos retirou o pager do estojo e apertou um botão à direita. A tela se acendeu, e Mariana viu os olhos de Carlos ficarem sombrios por um instante. Ele recolocou o aparelho no cinto, olhou para ela com jeito gaiato de menino pego em flagrante e disse:

– Vou ter que dar um telefonema. Mas é rápido, não se preocupe, já volto.

Mariana imediatamente concordou, mas não tirou os olhos das expressões de Carlos, enquanto ele utilizava o telefone do balcão do restaurante. Raiva foi o que ela viu.

Mais do que preocupação ou qualquer outro sentimento, os olhos de Carlos faiscavam de ódio.

Passaram a noite no apartamento de Mariana, deitados na cama nus, embriagando-se dos olhos e da saliva um do outro, porém sem consumar o ato sexual. Muitas noites que passaram juntos foram assim. Mariana não se importava, embora desejasse aquela paixão em sua plenitude. Adorava aqueles momentos, todas as horas sem dormir que passava a sentir o cheiro da pele dele, a acariciar seus cabelos cacheados, a beber da sua boca. Tudo nele era matéria da infinitude do seu amor. Nunca pôde saber como ele se sentia em relação àquele sexo sem penetração, mas ele parecia tão feliz e realizado, que Mariana nunca se questionou se aquilo seria problemático para ele. Amava cada instante da presença física dele, fosse como fosse, por vezes mais até daquela maneira, sem picos nem pequenas mortes.

Na manhã seguinte, Carlos tomou banho e começou a se vestir para sair.

– Vai a algum lugar? – ela perguntou.

– Sim, tenho que voltar.

– Voltar? Pra onde? Você não está de férias?

– Estava, mas aquele telefonema de ontem alterou os meus planos. Tem um problema lá. Preciso voltar hoje mesmo.

E assim o assunto estava encerrado. Embora muito frustrada, Mariana não fez mais perguntas. Carlos não falaria nada que não quisesse. Seria evasivo ou simplesmente não responderia. Perguntar só aumentaria o constrangimento daqueles minutos finais entre os dois, e ela não queria perder nem um instante deles. Então se ajoelhou sobre o colchão e esticou os dois braços para Carlos, que segurou suas mãos e voltou para a cama, aceitando o enlace das pernas e braços de Mariana por mais algum tempo.

No final daquela tarde, Mariana assistiu, pela televisão instalada na lanchonete da USP, à notícia do sequestro de três agentes da Funai por homens do povo Macuxi, que reivindicavam a demarcação de suas terras e a retirada dos ocupantes não indígenas. Era esperada a chegada de um agente regional do órgão para negociar a libertação dos agentes – ninguém menos que o Lunático, codinome do lendário indigenista Carlos Vasconcelos.

Mariana não conhecia nenhum dos lados daquela história, nem mesmo o de Carlos, que nunca falava sobre sua vida ou seu trabalho. Mas se lembrava de seus olhos faiscando de fúria, no telefone do restaurante, enquanto seus lábios pronunciavam a frase que ela conseguiu ler à distância: *esperaram eu vir para São Paulo*.

Ela seguiu acompanhando aquele conflito através dos noticiários, cujo desenlace finalmente ocorreu depois de três ou quatro dias de negociações. Então imaginou que Carlos voltaria a São Paulo para retomar suas férias interrompidas, mas isso não aconteceu. Passadas três semanas, Mariana abriu o jornal e encontrou uma nota curta no caderno de notícias nacionais, informando que o líder indígena que encabeçava o grupo que fizera reféns no posto da Funai, algumas semanas antes, havia sido morto numa emboscada.

16

Travessia

No dia seguinte ao primeiro encontro entre Carlos e Mariana, ela acordou pela manhã se lembrando de cada detalhe do que tinha acontecido na noite anterior. Quando se deu conta desse evento totalmente inédito, ficou confusa. Não sabia dizer se tudo aquilo era memória ou invenção da sua cabeça. E se só uma parte fosse memória? E se estivesse tudo misturado, reminiscências e imaginação? Ficou assustada pela primeira vez em muitos anos. Já tinha se acostumado às brumas da manhã, e aquele súbito céu límpido de lembranças lhe pareceu assombroso.

De repente, lembrou-se de que, antes de dormir, tinha feito uma anotação para o dia seguinte, como de hábito. Mais do que isso, ela *sabia* o que tinha escrito. Se o que estava na sua cabeça correspondesse à anotação feita no caderno, ela saberia que não se tratava de sonho ou de invenção. Uma inesperada empolgação a dominou, então ela se levantou num salto e correu para a escrivaninha.

O Gato de Cheshire penetrou mansamente a pureza espantada da minha noite. O que são estas luzes que deixou por aqui? Esta alegria de águas e espíritos? Esta vontade de cantar? Há agora, neste meu total esquecimento das coisas, o girar lírico de um farol sobre a minha cabeça deserta.

Mariana não se conteve de alegria ao ler aquelas palavras. Pela primeira vez, sentia que algo de fato lhe pertencia. Aquelas palavras eram suas, realmente suas – sabia que as tinha escrito porque se lembrou delas antes mesmo de ler.

Carlos tinha partido pouco antes do amanhecer, e só então Mariana adormeceu. Acordou tarde, quase onze horas, e, depois do júbilo que sentiu ao perceber suas memórias vívidas, decidiu correr no parque Ibirapuera. O tempo estava nublado e frio, mas o semblante de Mariana estava luminoso, tanto que até se esqueceu de colocar o lenço vermelho no pescoço. Só pensava em Carlos, o tempo inteiro, e se pegava rindo sozinha pelas ruas.

Passou a tarde na casa dos tios, onde tinha ido almoçar e ouvir as novidades de Esther sobre sua última viagem à Europa. Mariana teve de voltar para casa com inúmeros pacotes de presentes, o que a obrigou a chamar um táxi. Ao desembarcar, Mariana tentava se equilibrar com as sacolas quando avistou Carlos sentado num dos degraus da portaria do prédio.

– Foi às compras? – ele perguntou, com seu olhar oblíquo e irônico.

Mariana soltou as sacolas na calçada.

– Não, foi tia Esther que trouxe... olha, eu nunca usaria uma bolsa Prada, nem estes sapatos aqui, mas não posso recusar, senão ela...

– Então deixe tudo aí mesmo – disse Carlos, erguendo Mariana nos braços e colocando-a no topo da escada.

Ela sorriu, encantada, e deixou as sacolas na calçada, com aquele desprendimento que só a paixão pode proporcionar.

– Estou vendo que não se esqueceu de mim – disse Carlos, enquanto a beijava. – Mas, se tiver esquecido, não tem problema. Podemos repetir tudinho hoje, bem caprichado, para nunca esquecer.

– Não me esqueci de nada... Eu me lembro de cada detalhe.

– Ué, não conseguiu dormir?

– Pior que eu dormi! Isso é que é incrível. Passei o dia admirada, perplexa. Eu me lembro de tudo, até da nossa conversa na lanchonete.

– Então não precisa de reprise? – perguntou Carlos, afrouxando o abraço com que apertava seu corpo junto ao dela.

Mariana riu e levou as duas mãos à cabeça, teatralmente.

– Caramba, não consigo me lembrar de mais nada! Como é que foi ontem mesmo? Volta aqui, vem cá que estou me esquecendo de tudo agora – disse Mariana, enlaçando os braços em torno do pescoço de Carlos e beijando seu sorriso.

Na manhã seguinte, Carlos anunciou que estava de partida para Tucuruí. Não tinha previsão de retorno a São Paulo, mas disse que escreveria de lá, assim que tivesse o endereço certo para receber correspondências. Quando ele partiu, Mariana se deu conta de que praticamente nada sabia a respeito de Carlos. Ele ouvia Mariana com grande interesse, mas pouco falava. Focar a atenção nas histórias de Mariana era sua estratégia para nunca falar de si. Quando ela percebeu esse dado básico da personalidade de Carlos, já era tarde. Ele tinha partido e deixado aquele imenso vazio dentro dela.

Naquela última noite, Mariana tinha dormido com o rosto mergulhado no pescoço de Carlos. As lembranças se tornaram tão vívidas que, por vezes, ao longo do dia, o cheiro da pele dele a assaltava, como que trazido por um fluxo de ar direto para suas narinas. Nesses momentos, podia sentir na língua o gosto do suor de Carlos. Era tudo tão surpreendente e apaixonante, que Mariana levou um tempo para perceber que o fenômeno da memória não era universal na sua cabeça. Para o restante das vivências cotidianas, as brumas ainda predominavam.

Mariana passou o domingo em casa, tirando vários cochilos intermitentes. Num dado momento, adormeceu mais profundamente e, quando acordou, se sentiu perdida, sem saber direito onde estava e que horas eram. No entanto, tão logo a lembrança de Carlos se formou em sua mente, todo o circuito do espaço-tempo se fechou com precisão, estabelecendo um decurso de memória que Mariana nunca tinha experimentado. No banho, começou a cantarolar a música "Travessia", de Milton Nascimento, o que também representava uma grande novidade. As canções nunca vinham à sua memória espontaneamente. Se as ouvia, ela se lembrava e conseguia acompanhar. Sem escutar, Mariana não era capaz de se recordar de qualquer música.

Porém, o mais surpreendente ainda estava por vir. À medida que cantava a música repetidamente, alguns flashes de memória foram surgindo na sua mente. Uma televisão em preto e branco. Milton Nascimento muito jovem, cantando de pé num grande auditório. Mariana sentada no sofá, ao lado do pai, que assistia emocionadíssimo àquela apresentação.

Mariana não tinha nenhum resquício de lembrança da família que morrera no acidente de avião. Nem as fotos lhe traziam qualquer sentimento de familiaridade. No entanto, ela compreendeu naquele momento que, se estava desperta – e tinha certeza de que estava –, o que emergiu na sua mente foi memória, sem sombra de dúvida. Assim como o sonho tem uma ambiência própria, a memória – agora ela sabia – também tem. As pessoas não conseguem perceber isso, pois passam cada instante da vida a se recordar de alguma coisa, próxima ou distante. Mariana não. A percepção espontânea de uma memória antiga era algo que tinha acabado de ser inaugurado na sua cabeça.

Na manhã seguinte, Mariana entrou na livraria de Joel. Abraçou Ritinha, que ainda trabalhava lá, e o convidou para um lanche na padaria do outro lado da rua. Ele percebeu uma leve ansiedade nos olhos de Mariana, então passou uma orientação rápida para Rita e saiu de braços dados com sua amiga.

– Joel, você se lembra dos festivais da canção que aconteceram no final dos anos sessenta? – ela perguntou, enquanto aquecia as mãos na xícara quente de café.

– Claro! Não perdia nenhum. Eu não tinha televisão na época, mas sempre assistia na casa de algum vizinho ou colega.

— Luiza, minha amiga, me disse que o Milton Nascimento participou de um desses festivais com a música "Travessia", mas não sabe quando. Você se lembra em que festival foi? Em que ano?

— Humm, não vou lembrar, não consigo. Mas a gente tem como descobrir, eu acho.

— Não vai ser difícil? — ela perguntou.

— Talvez não. Acabei de comprar uma coleção bem grande de revistas *Manchete* e *O Cruzeiro* desse período. Anos sessenta. Se tem um lugar onde a gente pode achar essa informação, é nelas.

— Não acredito, Joel! Só você mesmo para ter solução pra tudo! — disse Mariana, exultante.

— Então agora você vai me contar o que está acontecendo aí na cacholinha? Porque eu estou vendo daqui as nuvenzinhas.

Mariana não tinha reservas com Joel, então lhe contou do encontro com Carlos, da permanência das memórias relacionadas a ele, da música que lhe surgiu durante o banho e finalmente da lembrança de estar assistindo a esse festival da canção na sua casa da infância, ao lado do pai.

Joel ficou surpreso com tanta novidade junta.

— Você está apaixonada, menina! Que coisa linda de se ver.

— Estou, Joel, eu estou! — Mariana cobriu o rosto com as mãos. — Só posso estar, porque um sentimento assim, tão avassalador, nunca tinha acontecido comigo. E olha com quantas coisas ele está mexendo!

— Sim, a paixão é um negócio muito poderoso. Mexe com o melhor e com o pior que existe em nós. Mas posso te falar uma coisa? A paixão é algo que acontece dentro da gente. Não vem do outro, entende? Vem de nós e pode nos elevar a uma condição com que nunca sonhamos. Mas não é responsabilidade do outro. É somente sua. Esse rapaz é um despertador de sonhos, mas os sonhos são seus, de mais ninguém. Só você vai conseguir lidar com o tanto de alegria e de desespero que a paixão é capaz de jogar aí dentro do seu coração. Tem que ficar firme. Mas pode vir se apoiar nesta velha bengala sempre que precisar – completou Joel, batendo no próprio peito. – Porque, aqui, um não larga a mão do outro!

Mariana sorriu.

– Você já se apaixonou, Joel?

– Sim, uma vez, logo que cheguei em São Paulo. Mas ela não me quis. Ficou um tempo comigo e depois se cansou, eu acho. Parou de falar comigo, sem mais nem menos, sem me dar explicação. Achou que eu ia deduzir sozinho. Ora, bolas, eu dava a ela o melhor de mim, como ia entender seus silêncios? Sofri pra burro, penei, mas entendi afinal que aquela paixão era coisa só minha, despertada por ela, sim, mas minha. Eu que tinha que resolver. E olha que ela nem era grande coisa – disse Joel, dando uma risada. – Sério, a grande paixão da minha vida era uma moça fútil e meio burrinha.

Mariana deu uma gargalhada.

– Só podia ser, né? Completamente tonta de não querer te agarrar para sempre.

De volta à livraria, Joel encontrou, em uma revista *Manchete* de outubro de 1967, o anúncio de que a música "Travessia" ficara em segundo lugar na fase nacional do

Festival Internacional da Canção daquele ano. A final tinha sido no Maracanãzinho em 22 de outubro, e Milton Nascimento recebeu o prêmio de melhor intérprete do festival.

— 22 de outubro de 1967 — disse Mariana. — Exatamente dois meses antes do acidente de avião.

— Foi sua travessia para uma nova vida. E agora essa paixão parece ter jogado uma ponte para você fazer a travessia de volta. Não pode ser coincidência tudo isso. Sua cacholinha superinteligente está despertando, afinal — falou Joel.

— Será?

— A paixão é como um transe, a forma mais espontânea de magia que existe. E a música é a filha mais velha da magia. Sem canto, não há encanto, dizia um catimbozeiro lá da minha terra. Você vai ver que a paixão não se cria no silêncio. A música vai dominar sua vida enquanto essa paixão durar.

— Se eu conseguir me lembrar das canções sem ter que ouvi-las, realmente vai ser um grande passo para eu encontrar minhas memórias.

— A música é a melhor máquina do tempo que existe. Nenhuma outra coisa consegue nos transportar no espaço e no tempo com mais precisão do que uma canção.

Mariana ficou em silêncio um instante, refletindo. Depois disse:

— Foi minha primeira lembrança da vida antes do acidente. Mas fico com medo de minha cabeça estar inventando as imagens. Como vou saber se aconteceu mesmo?

— Olha, menina, vou te contar uma coisa que descobri agora, depois que fiquei velho e minha memória começou a falhar: eu acho que boa parte daquilo de que a gente se lembra é invenção mesmo. Sabe, igual a esses filmes em que eles escrevem "baseado em fatos reais"? Desconfio que as nossas lembranças são todas meio inventadas, são como esses filmes que acrescentam fatos que nunca aconteceram e tratam de se esquecer de muita coisa que não querem contar.

Mariana abriu um sorriso largo.

– Ah, Joel, você é mesmo o homem mais sábio que já conheci. Eu posso não me lembrar de quase nada, mas às vezes ouço pessoas discutindo sobre fatos que viveram juntas, e elas não conseguem chegar a um consenso sobre o que realmente aconteceu.

– É isso! Você entendeu. Quer um conselho? Aceite. Aceite tudo que vier, não fique fazendo perguntas para as quais não existe resposta. Aceite, tome para você o que a vida está te dando. O que você vai ser é o resultado dessa aceitação. Será a sua travessia.

17

O discurso

Senhoras e senhores:

Para quem não me conhece, eu me chamo Carlos Vasconcelos, sou engenheiro, nasci na Baixada Santista, mas vivi a maior parte da minha vida adulta na cidade de São Paulo. Conheci a floresta amazônica alguns anos atrás, quando fui contratado na etapa final da construção da Hidrelétrica de Tucuruí. Na época, sentia orgulho de poder participar desse projeto grandioso, que colocaria o Brasil no futuro, em um novo patamar de desenvolvimento. Com o crescimento econômico, tudo viria junto – a melhoria das condições de vida para todos, a diminuição das desigualdades sociais. Sim, eu tinha esse pensamento, preciso confessar. Lutei tanto contra a ditadura, me sentia puro de intenções com o meu país, mas compartilhava, sem perceber, o pensamento dos militares que quase levaram o Brasil à ruína. Dito isso, deixem-me começar novamente:

Senhoras e senhores,

Imagino que a maioria de vocês não me conheça, eu sou um brasileiro comum e anônimo, desses que vagueiam pelas cidades do país como formigas sobre uma casca de laranja, sem iniciativa nem pensamento próprio. Cheguei até aqui como todos os que chegaram ao Brasil antes de mim, com exceção daqueles que já moravam neste vastíssimo território sem nome nem fronteiras, que viviam naquele não Brasil mítico e repleto de cosmogonias. Não sou um desses, está claro. Sou um daqueles tantos que aqui chegaram não para procurar um lugar para construir sua casa e criar seus filhos. Sou descendente dos que vieram com uma desmedida violência para pilhar, saquear, exterminar povos e escravizar outros tantos. Sim, era preciso escravizar e exterminar milhões de pessoas porque esta terra mãe gentil é muito ciosa de suas riquezas e não as entrega sem o trabalho das mãos. E as mãos que carregam espadas e armas de fogo não podem cavar. Sou, então, um brasileiro branco como tantos, que, tendo sido cultivado nas escolas e nas letras, nutria sentimentos fictícios de alegria, beleza e esperança de um futuro melhor para todos, quando, na verdade, não me reconhecia como o que realmente sou: mais um filho daqueles bárbaros nada doces que todos somos. Sim, somos todos: não se enganem. Já passou da hora de tirarmos as máscaras.

Mas vim aqui para dizer que a hora passou, mas ainda não é tarde. Em Tucuruí, cometemos muitos crimes. Não fizemos, como era previsto, o desmatamento da área a ser alagada, o que levou a uma perda de quase três milhões de metros cúbicos de madeira que poderiam ter sido comercializados. Não construímos sistemas de transposição para os peixes que migravam pelas corredeiras do rio. [pausa] Mariana, não fizemos a escada que você nos pediu, sinto muito. [pausa] E, para completar, indenizamos os grandes proprietários, mas não os povos indígenas que viviam a jusante da barragem, com consequências que mal podemos estimar. Deslocamos populações como quem varre formigas. Mas, como eu dizia, ainda é tempo de enxergar este país como nosso lar, e não como um condomínio de riquezas do qual só queremos tirar o máximo proveito possível.

Sei que o Brasil é muito grande. Temos grande diversidade de falares, com os mais variados acentos; não vivenciamos, de forma unânime, a mesma temperatura, fauna, flora, umidade relativa do ar. Sem esquecer que tampouco compartilhamos o acesso à educação, à moradia e à saúde. A maioria dos brasileiros passa a vida sem sair das cercanias de onde nasceu. O Brasil, para os brasileiros, não é mais que uma abstração. Vamos falar, então, de cuidar do nosso quintal, da nossa rua, do nosso bairro. Assim, um dia chegaremos ao Brasil. É assim que os povos indígenas vivem. Precisamos deles para nos ensinarem conceitos elementares de vida e convivência. E não estou falando de harmonia, nem de paraíso idílico. Estou falando de conflito e convivência, que é a base do respeito pela vida. Precisamos defender esses povos originários para que cuidem em paz dos seus quintais. Todos esses quintais, juntos, formam o imenso mundo vertical que constitui a floresta amazônica. Ela precisa ficar de pé para garantir não apenas o bem-estar dos brasileiros, mas nossa sobrevivência como espécie em todo o planeta. Precisamos agradecer, todos os dias, a resistência desses povos que ainda estão na floresta e a tratam como casa, não como um berço de riquezas materiais das quais não precisamos para nada. Não precisamos... Temos de protegê-los, e não os ameaçar, ofender, expulsar, invadir suas terras, tirar seus meios de sobrevivência, discriminá-los e assassiná-los. Não pode ser difícil entender isso. Por isso estou aqui. Estou aqui como um de vocês, e não como um deles, que não tenho a pretensão de um dia chegar a ser. Estou aqui como um cidadão da cidade de São Paulo, com seus restaurantes e teatros, automóveis e demais confortos. Só que meu trabalho é na floresta e por ela vou continuar a lutar enquanto eu tiver forças para isso, a fim de garantir a sobrevivência dos povos indígenas, sim, mas também a de quem vive em São Paulo, em Paris, em Tóquio, no Nepal, na Antártica, em todo e qualquer lugar onde haja vidas e seus quintais.

Mariana assistiu ao discurso que Carlos tinha proferido no Congresso Nacional em uma fita VHS, levada por um colega da USP, dias depois. Estava na sala da coordenação do departamento de antropologia, ao lado de outros professores, mas não conseguiu esconder a comoção que se estampou em seus olhos marejados. Todos entenderam que sua emoção se devia à citação de seu nome no discurso e ao subsequente pedido de desculpas, com direito a duas pausas dramáticas. No entanto, o que realmente a sensibilizou foi ver a imagem e ouvir a voz de Carlos depois de três anos sem nenhuma notícia. Desde que partiu para Tucuruí, nunca escreveu uma carta, nunca telefonou nem a procurou por qualquer outro meio. Ela simplesmente não sabia se ele estava vivo ou morto. Porém, ao citá-la nominalmente, Carlos dirigiu suas escusas ao fato de terem negligenciado a construção da escada de peixes em Tucuruí, decisão que certamente não coubera a ele. O discurso teve grande repercussão, tanto no meio acadêmico quanto na imprensa, e deu início à reputação de Carlos como irascível defensor dos indígenas.

Quando, naquela noite, Mariana saiu da estação do metrô, avistou Carlos sentado na escada de acesso à portaria de seu prédio. Sentiu o coração disparar, a boca seca, o medo de estar sonhando, uma inundação de alegria e uma vontade de chorar, mil coisas, exceto raiva, rancor ou mágoa. Quando ela se aproximou, Carlos se levantou e a abraçou, tirando-a do chão. Ela enlaçou os braços em torno dele e se deixou levar como se o tempo não tivesse passado desde o último encontro.

18

Oxê

A reunião se deu na Casa dos Homens de uma das aldeias Kayapó localizadas ao longo do curso superior do rio Iriri. Carlos tinha sido convidado a discursar no conselho, para explicar a estranha ferramenta encontrada entre seus pertences, constituída de um cabo de madeira e duas lâminas de aço, ricamente decorada com adornos de cores vivas. O machado de dois gumes se assemelhava a um objeto ritualístico, e os homens da aldeia queriam saber sua origem e a que fim se destinava: se à guerra ou à caça. Pediram, então, a intermediação do chefe da aldeia para exortar o Lunático a apresentar o objeto.

Naquele grupo, o contato com os brancos já era mais antigo, então muitos deles falavam o português, ou pelo menos conseguiam entendê-lo razoavelmente bem. No entanto, Carlos preferiu fazer seu discurso na língua caiapó, que ele dominava com alguma desenvoltura, inclusive no dialeto específico daquele grupo. Ele sabia que a oratória era uma prática social muito valorizada na comunidade; falar o idioma local significava falar bem, bonito, o que não aconteceria em qualquer outra língua. Além disso, os discursos na Casa dos Homens deviam ser proferidos em um tom específico, quase ritualístico, o que o obrigava a pensar como um indígena daquela etnia. Esse desempenho era fundamental para a aceitação do seu discurso, tanto quanto as explicações propriamente ditas, por isso Carlos passou aquela tarde recolhido, em silêncio, pensando no que iria dizer. À noite, cercado pelos homens politicamente mais influentes da aldeia, ele retirou seu oxê de dentro de um saco de couro e o ergueu para que todos o vissem, embora não lhes fosse permitido tocá-lo. Fechou os olhos e falou:

– *Kaô Cabecilê! Meu pai Xangô, peço-lhe permissão para apresentar seu oxê aos homens deste povo. Eles praticam o bem e a justiça, como manda tua lei.*

Em seguida, Carlos murmurou palavras ininteligíveis, ainda com os olhos fechados. Parecia em transe, conversando com alguma entidade espiritual. Os homens da aldeia se agitaram, sem compreender. Carlos então se calou e abriu os olhos devagar, adaptando-os novamente à luz da fogueira. Em seguida, deu início ao seu discurso:

Xangô me deu permissão de lhes falar
Xangô é divindade do povo iorubá
Xangô é orixá na língua iorubá
Iorubá não é indígena, não é desta terra
Iorubá não é branco, não fala a língua da mentira
Iorubá também não é escravo nem nunca foi
Iorubá é livre, mesmo com seu corpo aprisionado e violentado
IORUBÁ É LIVRE!

Carlos fez uma pausa para se recuperar da exaltação que ruborizou seu rosto. Em seguida, retomou a palavra, pacificado.

Xangô rege os domínios do fogo
O raio, o trovão, todos os incêndios
Xangô é o Senhor da Justiça
Oxê é ferramenta de Xangô para praticar justiça
Oxê tem duas lâminas porque Xangô olha os dois lados
Xangô foi rei de seu povo, e seu espírito é sábio
Xangô sabe que justiça não está do lado deste ou daquele
Justiça se faz quando o interesse de muitos ganha do interesse de um só
Para fazer justiça, Xangô precisa desvelar o egoísmo por trás dos olhos dos homens
Sentenciar os poderosos e os usurpadores
Xangô é então implacável e impiedoso

Houve uma nova pausa, então o chefe aproveitou para fazer uma intervenção:

– Não entendemos por que você possui este machado, se é branco, e não iorubá.

– Não posso tirar de mim a cor com que nasci. Não posso tirar de mim meus ancestrais. Não posso tirar do meu povo sua história de horrores. Mas posso ser livre como o povo iorubá nunca deixou de ser, nem quando os brancos quiseram transformar seus homens em animais de carga, utilizando sua feitiçaria forjada a pólvora. Também posso ser livre e caminhar pela terra, ir ao encontro dos povos perseguidos pela ganância e pela prepotência e me juntar a eles. Sou livre. Foi assim que conheci o povo Iorubá. E eles disseram: "És filho de Xangô e deves portar a ferramenta de Xangô onde quer que estejas, para tua proteção". Este oxê me foi dado em cerimônia, na presença do orixá, que tomou meu corpo e falou com sua voz através da minha.

Para um Kayapó, a ideia de liberdade individual era inapreensível. Fora de sua aldeia, um indivíduo se tornava ninguém, era praticamente um animal. A própria floresta que circunda uma aldeia já é um espaço de perigos imensos, domínio da natureza com seus espíritos e seres híbridos, meio humanos, meio animais. A noção de um homem que abandona seu povo e sai pelo mundo para defender outros povos era muito estranha e causava grande desconfiança. Ele poderia até fazer a defesa dos indígenas de lá, da casa dos brancos, mas se imiscuir na floresta e se misturar a povos aos quais jamais pertenceria era difícil de entender. Por causa disso, a decisão de Carlos de fazer seu discurso na língua indígena foi providencial para garantir o acolhimento subjetivo de sua fala por parte daquele grupo.

– Este seu machado não parece inofensivo – disse o genro do chefe, que estava sentado à sua direita.

– Não, não é. Não é só um objeto cerimonial – respondeu Carlos, com cautela. – É uma arma letal, forjada em aço polido. Porém, não posso entregá-lo nem mantê-lo longe de mim. Se minha permanência aqui não for permitida nessas condições, basta que me digam, e irei embora logo ao amanhecer.

Um burburinho se espalhou pelo salão. A situação era muito delicada. O Lunático, como era conhecido aquele homem branco, tornara-se uma figura proeminente nas negociações em favor dos direitos políticos e da demarcação das terras dos povos Kayapó. Estava sempre presente, ao lado de líderes como Raoni e Payakã, nas articulações, no Brasil e no exterior, em defesa das causas indígenas. Eram conhecidas, também, suas aparições sempre espetaculares em Brasília, durante a Assembleia Constituinte, onde sua fama de lunático se estabeleceu definitivamente.

Por fim, o conselho decidiu que Carlos poderia permanecer pelo tempo que quisesse, desde que mantivesse seu oxê guardado com seus pertences, sem portá-lo publicamente na aldeia. No mês seguinte aconteceria o tão esperado encontro em Altamira, que reuniria lideranças de vários povos indígenas com grupos de ambientalistas do mundo inteiro para tentar impedir a construção de uma hidrelétrica no rio Xingu. A presença de Carlos era esperada como um dos pontos altos desse encontro, em virtude da experiência que trazia de Tucuruí. Não era o momento de se indispor com ele. Mas conseguiram estabelecer uma decisão política importante, com a qual Carlos concordou imediatamente, sem qualquer ressalva, demonstrando o respeito necessário aos líderes daquela comunidade.

19

Rio de Janeiro

Mariana sabia que o encontraria na cidade. Ela tinha sido convidada como palestrante na Rio-92, a badalada conferência das Nações Unidas para o meio ambiente, e Carlos certamente estaria lá. Sua palestra estava marcada para o terceiro dia do evento, mesma data em que a revista *Veja* achou de lançar sua bomba sobre a conferência, trazendo na capa da edição semanal a foto de Paulinho Payakã com o título "O Selvagem". A acusação era de tortura e estupro, supostamente cometidos pelo líder indígena mundialmente reverenciado, contra uma jovem branca de dezoito anos.

A acusação foi apenas o pontapé inicial para a deflagração, por parte da imprensa brasileira, de intensa campanha que visava destruir a imagem ecológica dos Kayapó e substituí-la por outra – a de indígenas ricos, capitalistas, latifundiários, envolvidos em atividades altamente predatórias, como o garimpo e a exploração de madeira. Embora aturdidos, os participantes da conferência tinham plena consciência da intenção por trás da acusação de estupro. Mariana sabia que Carlos era amigo de Payakã. Um ano antes, uma foto dos dois tinha corrido o mundo, logo após a conquista da homologação das Terras Indígenas Kayapó, considerada uma ferida de morte para o agronegócio.

A partir daquele momento, qualquer expectativa que Mariana tivesse de um encontro com Carlos no Rio de Janeiro se esvaziou completamente. Não haveria clima possível, então ela decidiu retornar a São Paulo no dia seguinte. Quando fazia o check-out na recepção do hotel, avistou Carlos sentado em uma poltrona do hall de entrada, olhando para ela. Mariana pegou sua mala e caminhou na direção dele.

– Perdida por aqui? – perguntou Carlos, com uma expressão divertida no olhar.

Mariana esboçou um sorriso, mas não disse nada.

– Está indo embora? – ele perguntou.

– Sim, o ambiente aqui ficou irrespirável. Dei minha palestra ontem, já posso voltar pra casa.

– Eu sei, eu assisti.

Mariana olhou para ele com desconfiança.

– Estava invisível, por acaso? – ela perguntou.

– Como você sabe, minha cara Alice, neste país de tantas maravilhas, é assim que eu circulo: invisível. Ou pelo menos tento – disse Carlos, sem disfarçar o sarcasmo.

– Vejo muito o Lunático por aí – pontuou Mariana, expondo a contradição daquilo que Carlos tinha acabado de dizer.

– Sim, esse cara é meio exibido mesmo, meio falastrão. Eu prefiro as sombras – disse Carlos, com um olhar pensativo. – Tem tempo para almoçar comigo?

Por um breve instante, Mariana pensou em não aceitar o convite. Mas, quando percebeu, já estava dizendo:

— Na verdade, não troquei minha passagem ainda. Vou fazer isso quando chegar no aeroporto.

— Então vamos. Estou de carro. Te deixo no aeroporto a hora que você mandar.

— Difícil vai ser encontrar um restaurante nesta cidade sem que a gente esbarre em alguém conhecido.

— Conheço um lugar — disse Carlos, esbanjando autoconfiança. — Vamos comer uma paella. Tudo bem com frutos do mar?

— Com certeza — disse ela, sentindo crescer aquela alegria pueril por estar ao lado dele.

Carlos escolheu uma mesa discreta para dois, porém com vista deslumbrante, no restaurante Amendoeira, em Pedra de Guaratiba.

— Não sabia que você conhecia tão bem a cidade a ponto de saber onde estão os recantos alternativos — disse Mariana.

— No Rio, você tem que conhecer as pessoas, não os lugares. Quem é daqui gosta de te apresentar tudo. Difícil um carioca que te convide pro restaurante da esquina, aquele que ele frequenta e acha muito bom. Ele quer te mostrar os achados da cidade.

— Então você concorda com a tese de que o que há de melhor no Rio é o carioca?

— O melhor e o pior, né? — Carlos riu. Estava descontraído. Não parecia ter sido colhido no olho do furacão político e ideológico que assolava o país nas últimas horas. — O carioca é extremamente provinciano, mas é largo em seus domínios territoriais. O Rio de Janeiro, para mim, é o extrato mais concentrado do Brasil. É lindo, porém constantemente espoliado sob os olhos de seus cidadãos, que cruzam os braços, parecem não se importar com nada. Como se a beleza pudesse constantemente se renovar e salvar o mundo. O povo é cordial e ao mesmo tempo colérico, genioso. Há uma mistura de gente de todas as procedências, o que, nas orlas desse mar belíssimo, confere ares de democracia e liberdade, mas a cidade esconde porões sombrios de tortura e violência. Na verdade, nem esconde. Está diante de todos, dependurados nos morros que descem no asfalto dos ricos. E novamente está lá o carioca fingindo que não vê. Quer mais retrato do Brasil que isso? Não existe. Aqui vivem os literatos, os intelectuais, os sonhadores, os sambistas mais líricos que existem, capazes de expressar sua tristeza profunda com doses generosas de alegria. Aqui ninguém quer ser triste, ninguém quer enxergar as mazelas, então elas se proliferam por toda parte porque o carioca finge que não vê. Pode até reclamar de vez em quando, mas, em geral, vira os olhos para outro lado ou se senta num bar, pede uma cerveja gelada e muda de assunto. Por isso que eu digo, cada lugar do Brasil diz um pouco sobre o Brasil. O Rio de Janeiro diz tudo.

Mariana o escutava com interesse redobrado; estava surpresa com aquela incomum abundância de palavras vinda de Carlos.

– É sua primeira vez aqui no Rio? – ele perguntou.

– Não, vim muitas vezes, principalmente quando ainda morava com a tia Esther.

– E qual o seu sentimento da cidade?

– É muito diferente de São Paulo, claro. Mas não consigo fazer essa radiografia que você fez. A memória não me ajuda. – Os dois riram. – Mas atualmente consigo captar com bastante exatidão o ritmo de uma cidade. E isso me permite distingui-la de todas as outras facilmente, como se fosse uma impressão digital.

– Ritmo? Como funciona isso? – Carlos se interessou.

– Toda cidade tem um ritmo próprio. Ou, melhor dizendo, uma polirritmia peculiar, só sua. Entre São Paulo e Rio, é muito fácil discernir. Aqui, as massas de água estão por toda parte, no mar imenso, nas lagoas e na baía de Guanabara. Acho que elas, por si sós, já colaboram para imprimir um ritmo totalmente diferente do que é possível haver em São Paulo. E o ritmo é como se fosse a alma de uma cidade. Mas, pra gente perceber o ritmo de um lugar, tem que viajar e deixar-se estar pelas ruas, bares, praças, sem pressa e com os sentidos muito abertos. Então você percebe que os sons têm cadências marcadas por silêncios e pausas muito específicos, que os cheiros são diferentes, as texturas, a luz, tudo. Mas o ritmo, principalmente, consegue sintetizar todas essas sensações.

– Mas assim você fica com uma percepção muito subjetiva da realidade do lugar, não acha?

– E qual percepção não é subjetiva? Até a nossa percepção do tempo é subjetiva, não é? Tudo bem, não sou a melhor pessoa para discorrer sobre esse assunto, justo eu, a desconjuntada do tempo – ela riu. – Mas você sabe do que estou falando. O tempo depende da nossa percepção, que por sua vez depende de muitos outros fatores subjetivos. Eu, como não consigo estabelecer um eixo de coordenadas seguro para a minha vida, substituo a noção de tempo pela de ritmo. Platão disse que o tempo é o ritmo daquilo que vive. Entre Platão e Einstein, que se referiu ao tempo como uma dimensão, adotei o velho grego sem nenhum pudor, para conseguir me encontrar no mundo.

Os dois caíram na risada, e a conversa se estendeu assim por toda a tarde sem que os dois falassem em indígenas, em meio ambiente ou em jornais e revistas sequiosos por dinamitar irresponsavelmente tudo aquilo que exigiu anos de trabalho árduo, com seus incontáveis reveses, para ser construído.

No fim da tarde, Carlos e Mariana se olhavam demoradamente, falando muito pouco, cientes tacitamente de que ela só voltaria para São Paulo na manhã seguinte. Ele tinha se dado folga dos problemas e desaparecido por vinte e quatro horas. Carlos tinha plena consciência de que o mundo não ficaria melhor nem pior por causa disso. Mariana olhava com ternura seus cabelos encaracolados, já meio grisalhos, meio ralos aqui e acolá. Sentiu uma vertigem ao imaginar seus dedos se enredando pelos cachos desordenados de Carlos.

No meio da noite, esgotada, Mariana acabou dormindo. Quando abriu os olhos, encontrou Carlos com a testa encostada na sua, os olhos abertos, amorosos.

— Não conseguiu dormir? — ela perguntou.

— Não pude. Não posso. Daqui a pouco, quando eu te perder novamente, preciso que cada segundo da sua imagem, do seu cheiro, da sua respiração, do seu ritmo, esteja dentro de mim para eu ter coragem de seguir com a minha vida.

Mariana o beijou longamente. Carlos nunca tinha baixado a guarda daquela maneira antes. Ao contrário, ele sempre ficava indiferente nas despedidas, prático, funcional, sem gestos de carinho. Uma defesa? Não parecia. O que ela via era uma genuína perda de interesse, como um desejo saciado que não pudesse ser renovado exceto depois de um longo tempo. Por isso, causavam-lhe muita dor os momentos que antecediam as despedidas. Naquela manhã, no entanto, quando ele a deixou no aeroporto, Mariana se sentia completamente feliz. Como de costume, não sabia quando o veria novamente, nem mesmo *se* o veria, mas levava uma semente plantada no seu afeto que ela cultivaria pelo tempo que fosse necessário. *The joy of grief*, pensou. A saudade definida como presença, não como ausência. Como resgate, não como perda. Como alegria, portanto.

20

Minas Gerais

Mariana decidiu empreender viagem para conhecer, sozinha e com a mente silenciada, o estado onde tinha nascido e vivido até o dia do acidente. Desde o momento em que a canção de Milton Nascimento passou a fazer parte de sua memória espontânea, ela planejava aquela viagem. "Vou fazer a travessia de volta, com todos os meus sentidos abertos", disse para Joel. Sabia que algo que dizia respeito a si, profundamente, estava em Minas Gerais.

Não seria sua primeira visita, especialmente a Belo Horizonte. A família de seu pai morava na capital, e Esther todo ano a deixava passar algumas semanas na casa de Ronaldo, primo de Fernando, pai de Mariana. Ronaldo e Fernando eram muito ligados, tinham-se como irmãos, por isso as visitas de Mariana eram muito queridas em sua casa, tanto por ele quanto por sua mulher e os três filhos do casal. De suas viagens de férias para Belo Horizonte, Mariana sempre voltava para São Paulo com os LPs que Ronaldo lhe dava de presente, todos de músicos mineiros. Com isso, ela passou sua adolescência ouvindo Milton Nascimento, Lô Borges, Beto Guedes, a turma toda do

Clube da Esquina, do qual tinha os dois álbuns que nunca se cansava de ouvir. Ganhou também o "disco do tênis", do Lô Borges, cuja capa ela adorava porque nunca conseguira ter um tênis surrado. Sua tia jogava fora seus sapatos tão logo decidia que tinham ficado velhos demais para serem dignos de uso por sua sobrinha tão linda. "Ela quer que eu tenha memória, mas não me deixa ter um tênis velho", queixava-se Mariana para Joel. "Pouca coisa neste mundo pode ter mais memória do que um tênis surrado, concorda?"

Assim, sua vivência musical residia primordialmente em Minas Gerais. Até os dezessete anos, conhecia muito pouco do resto do Brasil, em termos musicais. Joel vendia LPs usados em sua livraria e lhe apresentava "os baianos, os cariocas e os nordestinos", como ele dizia. "Mas baianos não são nordestinos?", Mariana perguntava. Depois, dava muita risada quando Joel respondia que baianos são baianos e ponto. Apesar dessas incursões no cancioneiro de outros estados, proporcionadas por Joel, toda a sua memória afetiva para a música tinha sido erigida pelos compositores mineiros.

Sempre que podia, Ronaldo levava Mariana para conhecer as cidades históricas de Minas e fazia registros fotográficos dos passeios, escrevendo datas e legendas nos versos das fotos, para que a menina não se perdesse em suas memórias. Mariana organizava tudo em álbuns, que nunca mais revia depois que mostrava para Joel. Enquanto planejava sua viagem solitária, no entanto, Mariana tratou de resgatar esses álbuns em caixas que sua tia Esther mantinha na parte superior do armário do escritório que mandou fazer para Mariana, quando ela passou para a faculdade, aproveitando uma parte do imenso quarto de dormir destinado à sobrinha.

Enquanto folheava os álbuns, Mariana se deu conta de que nunca tinha visitado Mariana, a cidade que teria sido a razão da escolha de seu nome. Era estranho. Como não tinha lembranças das viagens, chegou a pensar que pudesse estar faltando algum álbum. Subiu no armário, vasculhou tudo, mas não encontrou nenhum outro. Decidiu, então, ligar para seu tio Ronaldo e lhe perguntar diretamente.

– Não, querida, não fomos a Mariana. Íamos quando visitamos Ouro Preto, porque as duas cidades são muito próximas, mas aí paramos para conhecer a Mina da Passagem, que tinha acabado de ser aberta para visitação, e assim perdemos o dia inteiro. Mariana ficou para outra ocasião, mas acabamos não voltando lá – explicou Ronaldo.

Sim, Mariana tinha visto as fotos da Mina da Passagem no álbum de Ouro Preto. Ela agora tinha um destino certo, não que se lembrasse das demais cidades históricas, mas visitar aquela que lhe tinha dado o nome parecia fundamental. Mariana tinha sido a primeira vila, a primeira cidade e a primeira capital do estado de Minas Gerais. Seria natural, portanto, começar por ela.

Nada na cidade, no entanto, remeteu Mariana a qualquer sentimento de familiaridade ou pertencimento. Ela fez dezenas de registros fotográficos com sua Polaroid, dando enfoque aos detalhes da paisagem que lhe pareciam mais interessantes, legendando-os no verso para resgatar as ideias contidas em cada foto, quando a memória lhe faltasse. Porém, nem mesmo a beleza do casario preservado, da arquitetura colonial, causou-lhe qualquer comoção. Pelo contrário, de maneira geral, sentiu um certo incômodo. Quando retornou a São Paulo, tentou explicar a Joel algo do que sentira durante o tempo que passou em Mariana e depois em Ouro Preto e Tiradentes. Mas o estranhamento tinha sido pior em Mariana, e era isso que ela tentava explicar a Joel e a si mesma.

— Foi muito esquisito, Joel. Parti em busca da minha alma em Minas Gerais, para descobrir que ela está aqui mesmo, em São Paulo. E olha que os meus escritores, poetas e compositores favoritos são mineiros. Veja que contrassenso!

— Não sei se é tão incoerente assim — ponderou Joel. — Tem algo do seu inconsciente que vive lá, isso é claro. Mas essa perda de memória deve confundir seus circuitos aí. Não sei.

— Será? Pode ser. Quando visito essas cidades históricas, me vem à mente um passado colonial de tanta ganância e violência, que não consigo ficar indiferente. Como se constrói uma nação só pensando em extrair do seu solo riquezas a serem roubadas, oficialmente ou não, e enviadas para a Europa, bela e civilizada? Eu te falei que Mariana foi a primeira capital do estado, lembra? Pois ela conseguiu esse status, essa ascensão meteórica de vila a cidade e depois a capital, em concursos promovidos pela coroa portuguesa para premiar quem extraía a maior quantidade de ouro. Percebe o absurdo? Premiam-se a brutalidade, a extração de riquezas a qualquer custo. Essa herança colonial está aí até hoje, na mentalidade do povo, mesmo depois de tanto tempo.

— Sim, mas não dá para generalizar. São muitos os pensamentos discordantes, por toda parte, você sabe disso.

— Sim. — Mariana ficou em silêncio por alguns instantes. — Mas sabe o que mais me chocou? Pode parecer bobagem, mas Mariana é uma das poucas cidades do Brasil que ainda tem um pelourinho. Deixa eu te mostrar nas fotos.

Mariana estendeu algumas fotografias que continham várias anotações nos versos.

— Mas que raio de pelourinho é esse? — perguntou Joel, examinando a imagem de algo que mais parecia um monumento onde se viam dois braços, um segurando uma espada, e outro uma balança; no topo, destacava-se a coroa portuguesa apoiada sobre um globo terrestre. O único indício de que se tratava de um pelourinho eram as correntes com argolas, utilizadas para castigar os escravos e infratores.

— Pois é, aí é que vem a melhor parte! Você não vai acreditar, mas isso aqui não é um monumento histórico que ficou preservado. O pelourinho de Mariana, assim como da maioria das cidades brasileiras, foi destruído no final do século XIX, em meio ao processo crescente de luta contra a escravidão. Pois você acredita que alguém teve a fineza de mandar reconstruí-lo agora, em pleno século XX? Foi agora, Joel, em 1980, 81, sei lá! Agora você me responda: o que o pelourinho de Mariana tem a celebrar? E te digo mais! Sabe o que fazem os turistas? Tiram fotos, encenando poses nas correntes, fingindo estar sendo supliciados. Olha isso aqui — disse ela, apontando para uma das fotos que estavam sobre a mesa. — É inacreditável!

— Você tem que pensar, querida, que, apesar disso tudo, Minas é casa e pátria de muita gente maravilhosa. Tem um falar único, uma culinária própria, um estar no Brasil que é um estar de casa, e não de terra arrasada. Como você mesma disse, não teve colonização específica, de imigrantes buscando um novo lar. Foram para lá os bandeirantes, os usurpadores, os assassinos, mas olha que lugar interessante, bonito, surgiu ali! De onde acha que vieram seus escritores, músicos, essa gente toda que você adora?

— Eu sei — ponderou Mariana. — E é essa contradição que me mata.

— Essa contradição é o Brasil, Mariana. Não é só Minas.

— Verdade. Mas, por algum motivo, talvez pela minha perda de memória, não sei, retornei dessa viagem de busca por uma origem me sentindo totalmente paulistana. Aqui me sinto protegida, principalmente atrás dos muros da universidade. Não que não possa haver o contraditório dentro da universidade; a bem dizer, é o que mais há, mas o contraditório é diferente da contradição. Divergência e incoerência são coisas muito diferentes. Tenho medo do que está adormecido na alma desse povo. Vivemos esse tempo prodigioso de mudanças, o fim do Regime Militar, desse período de trevas... Tudo parece tão luminoso, mas tenho receio do que dorme nos porões da mentalidade do povo brasileiro.

Joel sorriu.

— Para quem só tem o presente e diz que o passado e o futuro são apenas névoas, essa ruguinha que estou vendo aí no meio da sua testa me parece muito contraditória...

Mariana olhou para aquele homem que ela amava como a um pai, pobre, sem escolaridade, cultivado apenas pelos livros que comprava para vender, portador de um afeto inesgotável, e pensou: *é, o Brasil é um milagre mesmo.*

21

As crônicas do fim do mundo

– És um istmo, então – disse Carlos, após ouvir Mariana contar sobre seu acidente e a peculiar percepção do tempo que passou a ter a partir daquele dia.

– Um istmo?

– Sim, um corpinho esticado entre duas grandes massas de tempo, com as pontas dos pés tocando no passado e os braços esticados para o futuro, procurando pegar algo que não entende bem o que é, mas sabe que vai alcançar.

– E tu és um poeta agora? – perguntou Mariana, rindo. – Como engenheiro, você poderia ter dito "ponte". Mas preferiu buscar esse istmo para me impressionar.

– Ponte seria totalmente inapropriado! A ponte é construída artificialmente para unir duas partes que não se tocam. O istmo integra os dois lados naturalmente. Apenas se estreitou por um capricho dos muitos acasos do universo. Vou desenhar pra você ver.

Carlos abriu um guardanapo e pegou a caneta que trazia no bolso da camisa. De um lado, desenhou uma ponte com traços retos e precisos. Do outro, desenhou algo semelhante aos contornos sinuosos de um corpo feminino esticado entre duas porções de terra, tendo os cabelos compridos espalhados para os lados, como veios.

Mariana se encantou ao ver a semelhança daquele desenho com o que ela fazia sempre na primeira página de suas cadernetas para marcar o início de tudo, ou seja, de sua vida conhecida. Ela se desenhava estendida entre as copas de duas árvores, com os membros estendidos, alcançando os ramos de uma delas com as mãos e os ramos da outra com os pés. E os cabelos espalhados, como o soldado tinha contado que os viu quando Mariana foi resgatada. Ela pegou o caderno dentro da bolsa, abriu na primeira página e o estendeu a Carlos.

– Que incrível! Viu que eu estava certo? O meu desenho parece a silhueta do seu. É a versão tosca de um engenheiro sobre o trabalho de uma artista. Que lindo esse seu desenho, hein?

– Tenho várias versões dele. Sempre que inicio um novo caderno, refaço esse desenho na primeira página. Você precisa ver o que eu fiz quando tinha onze anos – disse ela, dando uma risada.

– Queria ver. Você guardou todos?

– Sim, a maior parte está na casa da minha tia, mas tenho certeza de que ela guarda. São muitos, como você pode imaginar, às vezes foram três ou quatro por ano. Não dá para acondicionar tudo num só lugar.

– Pois vou te dar uma caixa bem grande para você colocar todos eles. Já vejo ela na minha frente, enorme, de papelão, com uma fita verde em volta e um laço em cima.

Carlos estava bem-humorado. Ouvia as histórias de Mariana com aquele olhar enviesado, quase desconfiado, e um sorriso nos lábios. Parecia alguém que escutava os sonhos rocambolescos de outra pessoa e ficava na dúvida se uma boa parte deles não estaria sendo inventada. Mariana então se resguardou e passou a falar pouco. Porém, Carlos se mostrava realmente interessado.

– Mas me diga: por que é tão difícil escrever sobre o passado?

– Não, você não entendeu. Pensa assim: grosso modo, sem a memória, o passado não existe para mim. A memória é o fundamento do tempo. Acontece que, quando eu durmo, ocorre uma interrupção no fluxo do tempo. Sem esse devir, a equação fica assim: existe hoje o presente que escreve, e amanhã haverá o presente que vai ler o que foi escrito. Sempre o presente. Então, o difícil não é propriamente escrever sobre o passado, isso seria impossível. Difícil é ler no dia seguinte e encontrar algum sentido no que foi escrito no dia anterior.

Mariana tentava explicar com as mãos o que não conseguia com palavras. Sobre o tampo da mesa, ela dividia o tempo em retângulos imaginários. Quando olhou para Carlos, não conseguiu definir se ele estava perdido nas explicações ou hipnotizado pelas suas mãos. O olhar fixo de Carlos sobre seu gesto suspenso lhe deu a sensação de estar dentro de um *tableau vivant*, impressão que a surpreendia muitas vezes, assim como a de déjà-vu. Eram sensações bem distintas, mas ambas implicavam, cada uma à sua maneira, uma percepção de repetição e congelamento do tempo que depois se fixava na sua memória.

– Está confuso, né? – ela concluiu. – Espera. Vou agora mesmo escrever como foi meu dia hoje.

Mariana pegou a caderneta, abriu na primeira página que encontrou em branco, colocou a data no alto e listou:

Manhã:
Palestra na USP - Tucuruí - engenheiros - escada de peixes
Reunião na coordenação de antropologia
Tarde:
Encontro com Luiza no MASP
Café com Carlos (um dos engenheiros que estava na palestra) na lanchonete em frente ao MASP

Ela acabou de anotar e virou a folha do caderno para Carlos.

– Agora, imagina ler isso amanhã sem ter memória desses tópicos. Você pode dizer: "Ah, mas se você escrevesse um pouco mais...". Posso te garantir, já tentei, não adianta nada. Vou anotar aqui embaixo, depois de "café com Carlos": *ele disse que sou um istmo e fez um desenho meu num guardanapo para demonstrar sua tese.* Não adianta! Sem memória, posso transcrever tintim por tintim da nossa conversa e ainda não vai fazer sentido.

– Caramba! Assustador isso, hein? Nada? Nadinha?

– Alguma coisa fica. Se amanhã eu encontrar com a Luiza novamente, ela, que me conhece, vai apresentar uma resenha do que fizemos e conversamos no MASP, e eu vou "me lembrar". Não de todos os detalhes, mas o geral fará sentido para mim.

– Mas e de mim? Vai se lembrar?

– Sozinha? Espontaneamente? Sim, de alguma coisa. Do seu rosto, acho que gravei os traços; vou me lembrar também de algum jeito seu de olhar ou de sorrir, de um sentimento geral desse encontro...

— Sentimento?

— Sim. — Mariana estava um pouco desconfortável. — É difícil explicar. Podemos mudar de assunto? Não quero ficar falando só de mim.

Carlos sorriu com os olhos.

— Tudo bem, me desculpe. Estou te chateando.

— Não. É que entrar no assunto da minha vida significa não conseguir sair dele, e isso me cansa um pouco.

— Entendo. Mas posso te dar uma sugestão antes de a gente mudar de assunto?

Mariana assentiu com a cabeça.

— Por que, em vez de escrever tópicos, você não escreve crônicas? Pegue um aspecto do seu dia, um elemento qualquer que te chamou atenção, e escreva em forma de crônica, como quem conta uma história. Sobre qualquer coisa: uma flor no asfalto, um cachorro vira-lata, um céu vermelho do entardecer que te pegou de surpresa. Não precisa nem ser todos os dias. Por exemplo: digamos que mais tarde, antes de dormir, você escreva uma crônica sobre um istmo. Pode não ter nada a ver com a conversa que tivemos aqui. Amanhã, você pode nem se lembrar de que fui eu que suscitei esse assunto. Viaje à vontade. Mas acho que, se amanhã você ler o que escreveu, vai ficar curiosa para saber o que houve no seu dia anterior capaz de inspirar uma crônica sobre um istmo. Acredito que, no mínimo, vai ser mais instigante do que esses tópicos aí.

Mariana ficou calada, pensativa.

— Achou bobagem? – ele perguntou. – Esqueça, vai, vamos falar de outra coisa.

— Não, não é isso – respondeu Mariana. – Acho até uma ideia interessante. É que eu não tenho talento literário. Sou boa leitora, mas talvez por isso mesmo seja muito crítica com o que escrevo.

— Mas quem falou em prêmio Nobel? Não é para publicar, é só mesmo para mexer com a sua imaginação do dia seguinte.

— Ok, vou pensar sobre isso – disse ela, distraída.

— Já está matutando uma ideia aí, estou vendo... Qual seria o tema da sua crônica de hoje, me diz?

Mariana riu, constrangida.

— Não, não é nada. Estava pensando numa conversa que ouvi hoje no metrô. É uma dessas coisas que amanhã vou esquecer, mas gostaria de me lembrar pra sempre.

— Então me conta – disse Carlos, animado.

— No banco em frente ao meu, tinha uma menina de uns dez anos sentada com seu avô. Ele estava contando uma história infantil de um incêndio florestal que tinha feito todos os animais fugirem à procura de abrigo em outras matas. Mas, aonde quer que eles chegassem, os animais que já viviam nesses lugares os expulsavam porque tinham medo de que aqueles estranhos lhes fizessem mal ou acabassem com seus alimentos. Então os fugitivos tinham que procurar outro lugar para viver. Foi uma verdadeira saga até conseguirem ser aceitos. Mas teve um detalhe maravilhoso nessa conversa dos dois. A menina perguntou se aquela história era dele, do seu avô. Pelo que eu entendi, ele escreve histórias para crianças. Sabe o que ele respondeu?

"Não, quem inventou essa história foi um senhor chamado Ronald Reagan." – Mariana abriu um sorriso. – Achei tão lindo aquele homem adaptando o drama atualíssimo dos refugiados da América Central para sua neta de dez anos, aqui, em pleno metrô de São Paulo, que eu quase me levantei e dei um beijo nele. Mas me segurei!

Carlos deu uma gargalhada.

– Tá vendo? É isso! Olha que história. Agora imagine o seguinte cenário: dentro do mesmo vagão do metrô, um pouco mais atrás de onde vocês estavam e na fileira oposta, onde não dava para escutar essa conversa, uma mulher vê você se levantar e tascar um beijo no avô. Imagina que ele, pego de surpresa, ruboriza completamente. A neta arregala os olhos, sem entender. Eu te pergunto: o que essa pessoa distante está vendo?

Mariana fez um gesto vazio com as mãos, esperando que ele concluísse.

– Outra crônica! Basta que conte a história inusitada da moça bonita que ela viu se levantar e beijar, sem mais nem menos, o senhor à sua frente, para grande espanto de sua netinha de dez anos. E por aí vai... Você poderia ser essa segunda espectadora, que ainda assim teria uma crônica!

Mariana e Carlos agora riam sem parar, de qualquer bobagem que diziam. A desconfiança entre eles tinha se dissipado, a lanchonete fechou, e eles resolveram apostar corrida em plena Paulista, como se tivessem se embriagado com muitas garrafas de vinho. Carlos deixou que ela fosse na frente e tentava alcançá-la de perto, seguindo o lenço vermelho que ziguezagueava entre os pedestres da avenida.

Alguns dias depois, Mariana comprou um caderno de capa dura e foi com ele até a livraria de Joel. Pegou emprestado uma caneta Pilot e escreveu em letra de forma na primeira página: *CRÔNICAS DO FIM DO MUNDO*.
— Por que do fim do mundo? — perguntou Joel.
— Porque serão sempre as últimas lembranças que terei antes de o meu mundo acabar.

22

João Grande

— É o Joel, Marianinha. Está no hospital. Ele não tá bem, não.

Mariana recebeu o telefonema de Rita logo cedo. Joel tinha acabado de completar oitenta e dois anos, mas vinha com problemas de saúde há bastante tempo — diabetes, pressão alta, todas essas mazelas de que ele não gostava de falar e muito menos de tratar. "A morte é, de tudo na vida, a única coisa absolutamente insubornável", dizia ele, citando Otto Lara Resende, um dos cronistas mineiros favoritos de Mariana. "Mas eu fico aqui, ridículo, dando balinhas para ela todo dia, em troca de mais um tempinho", completava, cansado, mas sempre de bom humor.

— Agora, dizem que estou com o coração grande — falou Joel, com a voz muito fraca, logo que Mariana chegou e se sentou na cadeira ao lado da sua cama. — Olha aquele raio X ali. Tá vendo a sombra? É o meu coração.

Mariana olhou para a radiografia pendurada num quadro de luz.

— Mas esses médicos são muito incompetentes mesmo, hein? Bem que você tinha razão! Só agora que conseguiram ver o tamanho do seu coração? Qualquer um que te conhece sabe que é o maior do mundo – disse ela, com toda a graça que conseguiu extrair de si para esconder a dor que sentia.

– "Comigo a anatomia ficou louca, sou todo, todo coração" – emendou Joel com um sorriso pálido. – Quem foi que disse isso mesmo?

– Vladimir Maiakovski.

– Ah, é isso, o poeta russo. Você é muito sabida mesmo.

Joel olhou para Mariana e se entristeceu por vê-la naquele ambiente desolador. Então teve uma ideia:

– Vamos combinar uma coisa, pra você não ficar aí sentada o tempo todo, sem fazer nada, olhando este velho doente aqui?

Mariana fez um ar de reprovação, mas respondeu:

– Diga lá.

– Sempre que você tiver um tempinho e resolver vir aqui me visitar...

– Tenho todo tempo do mundo, estou de férias na universidade e não pretendo sair daqui, a menos que você venha comigo – interrompeu Mariana.

Joel ficou emocionado, por isso emendou rapidamente:

– Então traga um livro pra gente ler. Se eu cochilar, você me belisca.

– Alguma preferência?

– Não, você escolhe. Estou naquela fase da vida que aceito tudo de bom grado, ainda mais vindo de você, querida.

– *Capitães da areia*?

Os olhos de Joel se iluminaram num sorriso.

— Ótimo. Você será a Dora, aquele rapaz sumido o Pedro Bala, e eu...

— O João Grande, é claro — completou Mariana. — Que sempre protegeu Dora, inclusive do Bala.

Naquela mesma tarde, Mariana voltou com o livro. Joel gostava das ilustrações de Poty e pedia para vê-las sempre que apareciam. Ela lia sem pressa, pois a história era bem conhecida dos dois, e Joel dormia a maior parte do tempo. Aos poucos, Mariana percebeu que algumas pessoas se reuniam na enfermaria quando ela começava a ler, principalmente as auxiliares de enfermagem e alguns pacientes. Um deles vinha numa cadeira de rodas, e logo Joel o apelidou de Sem-Pernas, transformando-o, também, em um capitão da areia.

— Onde está o Sem-Pernas? — Joel perguntava. — Chegue mais, chegue aqui perto para ouvir melhor.

E assim Mariana passou a ler para uma pequena, mas fiel audiência. Pouco antes do relato da morte de Dora, Joel cochilou, mas Mariana não teve coragem de interromper a leitura. De todos os lados da enfermaria, ela escutou narizes fungando e o choro abafado. Ela chorou também — não havia como nem por que segurar a emoção. Depois pausou a leitura, e as pessoas foram se dispersando aos poucos. Antes de se retirar, a enfermeira de plantão foi até a cadeira de Mariana e deu um beijo em sua cabeça.

Na manhã seguinte, Joel mal despertou. Sua respiração estava pesada, e os médicos ajustaram as doses dos medicamentos intravenosos. Ficou assim por três dias. No final da tarde do terceiro dia, despertou, subitamente bem-disposto, e perguntou onde tinham parado na leitura do livro. Mariana sorriu, sem conseguir esconder a tristeza.

— Dora, minha menina — ele disse. — Você já sabe pra onde eu vou. Vou embarcar naquele cargueiro e viajar pelo mundo. Mas todo barco um dia volta, querida. Não fique triste agora, que preciso ir. Não posso ser um capitão da areia para sempre.

Mariana segurou a mão de Joel.

— Eu sei. E sei também que estaremos juntos nessa viagem, porque, aqui, um não larga a mão do outro. Não é isso?

— Isso mesmo, você aprendeu direitinho — disse Joel, com um fio de voz.

23

Antes de o mundo acabar

São Paulo, 17.8.1999

O fim do mundo é um assunto inevitável neste crepúsculo do século XX. Mesmo para os que não acreditam e acham que Nostradamus estava falando de outra coisa quando disse "de dois mil não passarás", o tema está em pauta. Não se trata mais da morte individual e de como cada um lida com a sua finitude. Se o mundo acabar e não sobrar ninguém, a coisa fica esquisita. Sem herdeiros e sem obras, como perpetuaremos nossas pegadas no chão do planeta? Não é um tempo bom para os ateus, exceto talvez para aqueles que acreditam que o fim do mundo seja um assunto tão relevante quanto o da existência de Deus. De cara, temos que lidar com o problema epistemológico presente na expressão "fim do mundo". A que ela se refere exatamente? Ao fim da humanidade? Ao fim de toda forma de vida na Terra? Ou ao fim do planeta, que se explodirá em poeira cósmica? Ninguém explicou isso direito até agora. Ninguém colocou na mesa os postulados do fim do mundo.

Mas o assunto existe e por isso é motivo desta crônica. Carlito me disse que até uma barata pode ser pretexto para uma crônica, então por que não o fim do mundo? Uma das discussões mais acaloradas, aliás, nos grupos de amigos, entre copos de cerveja, diante da total ausência de premissas para o assunto, é se as baratas sobreviverão ao fim do mundo. Pelo que tenho ouvido, este postulado está claro e comprovado cientificamente: quando o mundo acabar, ainda haverá baratas. O mundo não acabará para elas.

Hoje no metrô, escutei a seguinte conversa entre pai e filho, um com mais de sessenta anos, o outro com menos de quarenta:

— A gente se esquece de muita coisa — disse o pai. — Se eu tivesse certeza do fim do mundo, iria querer recuperar a memória perdida de muita coisa que vivi.

— Tá maluco, pai? Estou falando da hipótese de você poder realizar um desejo, fazer uma escolha de algo inédito na sua vida, antes de o mundo acabar, e você vem me falar de recuperar memória? Memória é passado, pai, acabou, morreu!

— Você é que não entende nada. Memória é a coisa mais viva que existe! Tudo que aconteceu conosco é real, continua ecoando dentro da gente. O futuro é só uma hipótese, mais nada. Pense na mulher que você acha mais incrível e que gostaria de beijar hoje, agorinha. Pois eu trocaria tranquilamente a sensação de beijar a Sharon Stone pela que tive quando beijei minha primeira namorada no colégio. Eu me lembro dela, da menina, mas não me lembro mais do que senti na hora do beijo. E, mesmo assim, sei que foi uma das experiências mais esfuziantes da minha vida. Queria recuperar aquele beijo, o momento exato daquele beijo, que não sinto mais dentro de mim.

Ouvi aquela insólita discussão em torno do que seria mais instigante investir às vésperas do fim do mundo, se no passado ou no futuro, então me perguntei: qual a última coisa que eu gostaria de fazer antes do fim do mundo? A resposta, óbvia, é: me encontrar com Carlito uma última vez. Mas olha que coisa complicada: Carlos é passado e futuro a um só tempo. Raramente ele está no presente. No futuro, está de forma totalmente incerta. Além disso, ele também *precisaria desejar ficar comigo quando o fim do mundo fosse decretado, ou eu estaria me encontrando com um simulacro dele, alguém que não escolheu, que foi apenas escolhido. Seria horrível. Logo, pensei, melhor então é investir no passado. Mas para quê? Não tem um beijo nosso — primeiro, segundo, terceiro ou milésimo — de que eu não me lembre com riqueza de detalhes, a hora que eu quiser.*

Então tomei uma decisão. Se antes do fim do mundo quero estar com o meu Carlito, o melhor que tenho a fazer é sonhar com ele. Porque o sonho inventa coisas novas, cria memórias inéditas para a gente reviver. Estivemos juntos tão poucas vezes, que a melhor decisão é o sonho mesmo. O sonho é algo que vive fora do tempo. Não é passado, porque não aconteceu. Não é futuro, porque está acontecendo de verdade na nossa imaginação. É um presente absoluto que vai se tornar passado, se eu puder realizar a façanha de não esquecer os sonhos ao acordar. Então esse será o meu desejo para o fim do mundo. Nem passado nem futuro. Apenas um tempo presente de sonhos vívidos, reais e inesquecíveis, até que o mundo acabe.

24

Marcos

– Não me queira no seu colo sem sonhar
Não me beije no jardim das oliveiras
Não me ponha entre os dentes sem matar.

Mariana se espreguiçava, com aquele estado de ser feliz de corpo inteiro.

– Você fica cantando essas belezuras, eu nunca mais que saio desta rede. De que parte do coração da Bahia você arrancou essa canção? – ela perguntou.

– Só metade é da Bahia, de Capinan. A outra é do Ceará, Marlui Miranda. Mas quem disse que eu quero que você saia daí?

– A gente não ia fazer uma trilha, se embrenhar no mato?

– Só se você quiser – disse ele, colocando os óculos para pegar um livro que tinha deixado dentro da mala.

– Eu quero, mas vem cá, vai… Preciso de mais nutrientes para me levantar.

– Nutrientes? Tu é uma esfomeada, isso sim! Uma come e dorme!

— Não é culpa minha — reivindicou Mariana. — Já te contei de quem sou bisneta? Contei, né? Tô igual à tia Esther, que repete essa história mil vezes. Pois eu digo e afirmo: venho da linhagem de Enrico Caruso e de minha bisavó que, segundo relatos da época, nada mais era do que um Caruso de saias... curtas! Não herdei o dom da cantoria, mas quanto ao resto...

— E eu que arrume fôlego para segurar essa herança! — disse Marcos, correndo para apoiar Mariana, que pulava desajeitadamente para fora da rede.

Com Marcos, Mariana experimentava um tipo de felicidade que nunca soubera que existia. Aquela alegria da convivência, das leituras em conjunto, do amor a qualquer hora, dos desafios musicais sobre melodias cantaroladas. Quando saíam de São Paulo para a serra, tudo entre eles ficava, mais do que nunca, extremamente amoroso. Porque São Paulo, a metrópole que Mariana tanto amava, era a cidade de Carlos, cuja presença ela pressentia em cada esquina. Era como se ele habitasse as ruas da cidade, mesmo quando passava meses na floresta, às vezes anos sem aparecer. Parecia que estava por toda parte, invisível, com olhos a observá-la a todo momento. Na cidade, quando saía com Marcos, Mariana escolhia lugares certos, restaurantes, teatros, casas de amigos, tudo previamente definido. Dizia que o tráfego — de automóveis ou de pedestres — a angustiava, mas o que lhe causava mesmo grande desconforto era aquela permanente presença-ausência de Carlos pelas ruas da cidade.

Mariana nunca escondeu de Marcos sua paixão por Carlos. "É uma doença", dizia, "estou esperando que passe".

Mas não passava. Marcos esperou mais de dois anos por uma chance com ela, o que acabou acontecendo em uma viagem que fizeram, ele, Mariana e Luiza, a Salvador. Era 2 de fevereiro, e Marcos levou as duas amigas a uma festa de candomblé à beira-mar. No ponto mais alto da celebração, Mariana ficou fascinada com a coreografia das filhas de santo do Gantois que, sob o ritmo hipnótico, se abriram em uma enorme flor de panos coloridos. De súbito, o canto de Iemanjá se ergueu sobre os roncos dos atabaques, celebrando o mar, evocando a promessa e a esperança:

Iyá lodê ê resê
Oniê iyemanjá
apota pelebê aoiyo
odofin o ni axô iyê iyê

Marcos tocava atabaque como se estivesse possuído pelo ritmo, e Mariana imediatamente se lembrou das palavras de Joel – sem canto, não há encanto. Ficou mesmo encantada por aquele homem que ela conhecia somente no papel de advogado em São Paulo, culto e racional, com doutorado na Alemanha, mas que ali se entregava de corpo inteiro ao ritual mais deslumbrante que ela já tinha visto.

Marcos sempre disse que foi Iemanjá que lhe entregou a mulher da sua vida, porque ele prometeu que a aceitaria da maneira como viesse, sem qualquer restrição. Da parte de Mariana, Salvador se apresentava como pura alteridade e fascínio, especialmente durante as festas de Iemanjá, mas era também inegável que, fora de São Paulo, ela ficava mais espontânea, como quem pula muros, como quem foge para brincar. Foi assim que os dois passaram a se amar e conseguiram infiltrar esse amor em São Paulo, a cidade de Carlos. Como casal, mantinham cuidados recíprocos. Ela sabia deixá-lo sozinho quando ele ficava sério, absorto nas preocupações e contradições de seu trabalho como defensor público. Marcos, por sua vez, aprendeu a lidar com as mudanças de humor de Mariana, especialmente quando ela ficava com raiva de alguma coisa, e parecia que aquele sentimento ia crescendo, consumindo-a por dentro como chamas num incêndio sem controle. Assim, iam contornando as difíceis barreiras da convivência a dois e podiam dizer, sem medo de errar, que se amavam, se admiravam e eram felizes.

— Eu sei uma coisa que você não sabe — falou Mariana em tom desafiador.

— Você sabe muitas coisas que eu não sei — respondeu Marcos.

— Nada disso. Eu sei coisas bobas, você sabe coisas de verdade. Mas dessa vez descobri uma coisa realmente importante que você ainda não sabe.

Marcos olhou para Mariana com ternura e sentiu aquele súbito medo de perdê-la que às vezes o assaltava sem motivo algum.

— Humm... E o que você quer em troca de me contar essa coisa incrível? — ele perguntou, aceitando a brincadeira.

— Agora, sim, você está falando a minha língua! — comemorou Mariana. — Vamos negociar. Eu te conto essa coisa extraordinária que eu descobri se você fizer só uma coisinha pra mim.

Marcos coçou a testa de um jeito que sempre fazia quando percebia que estava numa enrascada. Mariana deu uma risada.

– Sabe aquela clareirinha por onde a gente passou hoje cedo? Aquela, coberta de folhas secas que parecia uma cama com vista para o céu? Então, essa noite tem lua cheia, quero me deitar ali, nua, para que você me tome como um elfo.

– Tu é muito doida mesmo, não é, branquelinha? Nua, na noite gelada? No meio da folhagem? E os bichos que podem ter? E as pessoas da pousada que podem passar? E quem disse que eu sei como um elfo toma uma paulistinha que encontra nua no meio do mato?

– Pois é justamente isso que você vai descobrir nesta noite: como um elfo ama uma mulher! – disse Mariana, com um sorriso triunfante.

– Não me diga que você sabe? Andaste saindo no meio da noite para transar com elfos?

– Não, ainda não. Estou esperando que suas orelhas cresçam e fiquem pontudas porque só quero me entregar a você. Vamos, tenha dó desta pobre mortal e não me negue essa cortesia.

– Cortesia? Não vou ter dó quando te agarrar. Aí quero ver você reclamar.

– Só não me ponha entre os dentes sem matar – ela parafraseou.

– Não pode ser aqui, na nossa caminha quentinha?

Mariana balançou a cabeça, irredutível.

– De jeito nenhum.

25

Sonho meu

Mariana retornou ao seu ateliê na segunda-feira seguinte ao término da exposição do Gato de Cheshire, que durou apenas um fim de semana. Logo que entrou, avistou a caixa de papelão em um canto perto da janela. Largou a bolsa em cima de uma mesa e se sentou no chão, ao lado da caixa. Respirou fundo.

 À medida que desfazia o laço de fita verde, seus pensamentos voavam ao embalo de tantas memórias nítidas de todos os encontros que tivera com Carlos ao longo daqueles últimos trinta anos. Logo dona Ivone Lara começou a cantar na sua cabeça os versos de "Sonho meu", primeira música que lhe vinha à lembrança sempre que pensava em Carlos. Joel tinha lhe dito, no dia que ela correu para contar a ele sobre a lembrança espontânea de "Travessia", que as músicas a acompanhariam enquanto durasse aquela paixão. E, de fato, ele tinha razão. Quando Carlos partiu pela primeira vez e deixou Mariana sem notícias durante três anos, ela quase enlouqueceu. Sua mente, até então sem memórias, tornou-se um grande picadeiro de lembranças de Carlos, por vezes simultâneas, e de canções que se sucediam em cascata, que ela não conseguia fazer calar. Às vezes, as músicas começavam a tocar na sua cabeça mal ela acordava, quando ainda não tinha tido tempo de elaborar qualquer pensamento. Só quando aprendeu a meditar, após muitos retiros nos quais finalmente conseguiu dominar a técnica com perfeição, Mariana pôde silenciar sua mente, se reequilibrar e voltar a ter uma vida funcional. A partir de então, mesmo quando Carlos reaparecia, para partir logo em seguida, ela conseguia se recuperar rapidamente. Não queria abrir mão daquele amor, que dava sentido a tudo que vivia, inclusive àquela espera sem fim. Um amor que era sobretudo uma grande vontade de amar. Então o aceitava, como aceitou que o abandono era uma espécie de destino seu. A ventania que levou sua família, depois passou para levar Joel e Carlos, deixando-a com o futuro sempre em suspenso.

Mariana retirou a tampa e teve de se ajoelhar para olhar o fundo da caixa. Releu as frases desenhadas por seu Gato de Cheshire e reparou que havia um papel dobrado sob a lâmina do papelão da base. Retirou-o com cuidado e o desdobrou para ler.

Querida Mari, acabo de ler o novo livro de Valter Hugo Mãe, O filho de mil homens. *Com ele, compreendi que o amor, qualquer amor, se constrói na simplicidade de saber dizer sim. Então, preciso te falar que meus pensamentos estão todos os dias com você e continuam a dizer sim. Repetidas vezes. Mil vezes sim. Só espero que algum dia você possa perdoar meu exílio voluntário do nosso amor.*

P.S.: Na próxima quinta, estarei no Ibirapuera. Se quiser me encontrar no mesmo lugar das outras vezes, estarei te esperando. Caso prefira não ir, compreenderei totalmente, pois não tenho o direito de te pedir coisa alguma. Continuaremos juntos, de alguma forma, como estivemos todos esses anos, por um milagre que nunca saberemos explicar. Beijos do seu Carlito.

Mariana dobrou o bilhete e o recolocou no mesmo lugar onde o encontrara. Levou a caixa para casa e a colocou no sótão que servia como depósito das coisas, suas e de Marcos, que não podiam ser descartadas. Naquela tarde e no dia seguinte, pegou seus primeiros cadernos e os dispôs, em ordem cronológica, dentro da caixa, até ela ficar cheia. Os demais deixou nas caixas menores onde já estavam organizados por anos.

Na tarde de quarta-feira, perguntou a Marcos se ele tinha ainda algum compromisso no Fórum aquela semana.

– Não, só tenho trabalho para fazer em casa mesmo – ele respondeu.

– Podemos ir para Cunha hoje à noite, então? Eu ligo lá para a nossa pousada e vejo se conseguimos um chalé até domingo. É baixa temporada, não deve ser difícil. Pode ser?

Marcos olhou para Mariana por cima de seus óculos de leitura e sorriu. Como explicar aquele encantamento persistente? Estavam juntos há dezoito anos, mas, durante todo esse tempo, Marcos imaginou que um dia ela iria embora. Por isso, nunca cogitou a hipótese de terem filhos. Ela também não os desejava, não se sentia capaz de assumir a responsabilidade por uma criança, e isso encerrava qualquer cogitação sobre o assunto. Quando Marcos a conheceu, ela já tinha aquela paixão pelo Lunático e nunca a escondeu. Marcos tinha certeza de que, ao longo daqueles anos, Mariana tinha se encontrado com ele algumas vezes. Nunca perguntou nem investigou, mas sabia, pela tristeza e pelos silêncios com que ela eventualmente voltava para casa. Aquela tristeza então passava a ser dos dois, era inevitável, e os silêncios, recíprocos. Mas, se a tristeza tinha esse pertencimento à vida, Marcos descobriu que era possível ser feliz, sem precisar descartá-la.

– Pode, sim, querida. Onde você quiser estar, eu estarei também.

Marcos era a quebra do paradigma de abandono da vida de Mariana, marcada pela beleza daquela paixão móvel, transeunte, sempre às margens, que Carlos nutria por ela. Porém, Marcos nunca foi um prêmio de consolação. Ela sentia um genuíno amor por ele, aquele amor imenso que dava sentido ao tempo.

26

Os indígenas

Quando se mudou para Tucuruí, Carlos viveu por quase dois anos na vila residencial permanente criada pela Eletronorte para abrigar os trabalhadores da usina. A vila parecia um bairro de São Paulo transposto para dentro da floresta amazônica, com todo o conforto que um homem branco poderia esperar: casas de alvenaria, ruas pavimentadas, água e esgoto tratados, cinema, hospital, clube, supermercados, escolas e creches.

Embora fossem desaconselhados a sair da vila, Carlos e alguns colegas davam passeios pela floresta nos dias de folga. Em geral, saíam de canoa, guiados por indígenas assimilados que trabalhavam como operários na construção da barragem. Foi em uma dessas saídas que Carlos teve seu primeiro contato com a população nativa. De repente, sem que ninguém percebesse, a canoa foi cercada por um grupo do povo indígena Gavião da Montanha. Carlos teve um primeiro susto ao descobrir que a pluralidade linguística entre aqueles povos, genericamente chamados de indígenas, era imensa, o que tornava os guias tão incompetentes quanto os brancos na hora de estabelecer uma comunicação verbal com aqueles homens. O segundo impacto foi descobrir que o medo que sentiu foi equivalente ao que teria caso se visse cercado por um grupo de onças-pintadas ou de qualquer outro grande predador de quatro patas. A rápida percepção da desumanização que sua cabeça processou em relação àquele grupo de homens armados com lanças e flechas, que falava uma língua desconhecida, aparentemente tonal, jogou sobre Carlos a terrível perspectiva do colonizador que chegou ao Brasil no século XVI: alteridade e medo.

Apesar de não falarem a mesma língua dos homens que os cercaram, os guias tinham muito traquejo na comunicação não verbal, de modo que conseguiram explicar, de alguma forma, que eram trabalhadores da usina e viviam na vila. Ao retornar à segurança de sua casa, Carlos imaginou que os indígenas provavelmente já sabiam quem eles eram e se aproximaram apenas para deixar claro que aquele trecho da floresta fazia parte dos seus domínios. Então procurou se informar sobre quem eles eram e onde viviam.

– Mas esse trecho todo aqui vai ser inundado – ponderou Carlos, ao ver, num mapa, a distribuição do povo Gavião-da-Montanha na região.

– Sim – respondeu o chefe do setor de engenharia em que Carlos trabalhava.

– E para onde eles vão?

– Não faço ideia, mas isso já está sendo visto pelo governo.

– Pelo governo? Os indígenas sabem disso? Perguntaram o que eles acham?

– Não sei, isso não é assunto nosso. Mas algum jeito vai ser dado.

– Algum jeito? Você acha que eles vão ser deslocados compulsoriamente?

– Não, não acho. Tenho certeza. Não tem outro modo de resolver. Ninguém vai negociar nada com índio a essa altura do campeonato.

Carlos se lembrou do primeiro encontro que teve com Mariana na lanchonete da avenida Paulista, quando ela lhe contou do beijo que teve vontade de dar no senhor que contava à sua neta, de forma alegórica, o drama dos povos deslocados na América Central pela cruzada anticomunista de Reagan. *Mudam os cenários, mas tudo se repete*, pensou Carlos. A ganância, o descaso e o desrespeito por quem não tem meios de se defender são os mesmos, em toda parte, ao longo da história humana.

A solução encontrada não foi outra. Dois anos depois, os jornais noticiaram a instalação da primeira aldeia naquela que viria a ser a Terra Indígena Mãe Maria, criada para abrigar os povos deslocados em virtude da construção da usina. Quando foi demarcada, a área já era cortada por uma rodovia federal, uma linha de transmissão da Eletronorte e pela Estrada de Ferro Carajás. *Foram deslocados para uma terra já invadida*, pensou Carlos. Naquele momento, no entanto, ele não trabalhava mais na usina e tinha se voluntariado como sertanista na Funai.

A partir de então, Carlos participou ativamente de todos os marcos que contribuíram para a mudança da mentalidade oficial e das políticas públicas relacionadas aos povos indígenas. Em 1987, participou do I Encontro de Sertanistas, que mudou o enfoque dado à proteção aos indígenas isolados. Protegê-los passou a significar deixá-los em paz e restringir o acesso às suas áreas. Além disso, atuou incansavelmente nos bastidores da Assembleia Nacional Constituinte para que a Carta Magna que estava sendo elaborada incorporasse princípios básicos de proteção aos povos indígenas, como a vedação à remoção dos indígenas de suas terras, exceto em hipóteses de calamidade. Suas futuras pelejas foram pela demarcação de terras indígenas, como passou a prever o texto constitucional.

Fazia tempo que Carlos tinha adotado uma postura nômade e desterritorializada em sua inserção no mundo. Quando estudava na Escola de Engenharia de São Carlos, da USP, no final dos anos 1960, ingressou em vários grupos culturais do CAASO, o tradicional centro acadêmico que praticamente fundou o movimento estudantil em São Paulo e abriu os horizontes de Carlos para a participação política. Quando terminou a graduação, filiou-se ao PCdoB e decidiu se juntar à guerrilha do Araguaia, levado por um amigo de infância. Recebeu o primeiro treinamento para a guerrilha em uma casa em São Vicente, na Baixada Santista. O passo mais difícil, porém, foi convencer sua mulher, Helena, que tinha acabado de se formar em Filosofia, também na USP, a abraçar a empreitada guerrilheira na selva. Ela tinha uma visão completamente diferente das estratégias que deveriam ser adotadas no combate ao Regime Militar, que não passava por pegar em armas e se organizar para tomar o poder no âmbito de uma revolução socialista que mais lhe parecia uma quimera irresponsável de estudantes. Porém, quando percebeu que Carlos iria de qualquer maneira, acabou convencida, não pelos argumentos, mas por sua incapacidade de imaginar a vida sem ele. O casal, no entanto, passou menos de um ano no Araguaia. Helena adoecia com frequência e, quando foi diagnosticada com hepatite, estava grávida de seis meses. Retornaram a Santos para que ela pudesse se tratar, mas já era tarde. Helena faleceu com o bebê no ventre quinze dias depois de se internar em um hospital em São Paulo.

Carlos não retornou ao Araguaia. Mesmo sem admitir de forma consciente, sentia-se imensamente culpado e perdido. Além disso, tinha medo de ser preso, pois vários companheiros o alertaram de que esse risco era, de fato, muito grande naquele momento. Acabou partindo para um exílio voluntário, primeiro numa peregrinação por países da América Latina e depois em Paris, onde fez várias especializações em engenharia civil que o habilitaram a se candidatar ao emprego em Tucuruí, quando finalmente retornou ao Brasil, no início dos anos 1980. Antes disso, esteve apenas uma vez em Santos, para o funeral de seu pai, em maio de 1977. De passagem pela capital, presenciou, com grande emoção, o momento em que o movimento estudantil retomou as ruas de São Paulo. Esteve na primeira passeata que aconteceu fora dos campi universitários e registrou uma foto dos estudantes concentrados no viaduto do Chá, que mandou ampliar e emoldurar quando retornou a Paris.

O nomadismo, portanto, foi uma marca na sua vida desde muito jovem. Porém, longe de ser uma fatalidade, era uma escolha consciente, havia uma espécie de desejo de evasão que o movia. Agora, como sertanista, tinha amigos e amantes, afetos e desafetos por onde passava. Mas não tinha mais casa nem ponto de chegada.

A única exceção era Mariana. Não era São Paulo, para onde ele sempre parecia retornar, nem Santos, sua cidade natal. Era ela, Mariana, que significava para ele um cais; um ponto somente de passagem, porém o único fixo de sua vida.

27

Autodeterminação

A reunião aconteceu cerca de um ano depois da Eco-92 e reuniu lideranças indígenas de vários povos da Amazônia, sob a batuta de Carlos, que pretendia pacificar os ânimos e reencontrar as bases de um discurso comum, sem o qual as conquistas dos direitos dos povos indígenas voltariam a se arrastar em meio a uma avalanche de contradições.

A grande imprensa batia incessantemente na tecla de que as comunidades indígenas tinham absorvido os valores da sociedade de consumo e só se interessavam em adquirir bens materiais para inseri-los na vida dentro da floresta, contando com a vastidão das terras que lhes foram distribuídas sob o manto do discurso ecológico. Carlos sabia quem patrocinava essa campanha e que sua principal estratégia era chamar todo mundo de "índio", sem considerar as incontáveis diferenças culturais e políticas entre os diversos povos e, portanto, suas formas particulares de reprodução social. Agindo assim, conseguiam aprofundar as diferenças e animosidades entre os diversos povos, que procuravam cada vez mais afirmar sua singularidade diante dos demais. Carlos pretendia restituir a visão de que o inimigo comum estava do lado de fora, fomentando a confusão para tentar tirar proveito. Porém, naquela altura, nada mais era simples de ser conversado. Os discursos mais inflamados deixavam claro o desejo generalizado de autonomia:

— A verdade é que as terras não são nossas. Não temos autonomia para decidir o que fazer. Se a gente ficar aqui, comportadinho, fazendo aquilo que eles esperam que índio faça, pode ser que nos defendam. Pode ser. Escreveram lá no papel. Mas os brancos continuam invadindo pra derrubar árvore, pra fazer garimpo, e a gente tem que ficar esperando que a Funai faça alguma coisa. Se as terras fossem nossas, aí tudo seria diferente, porque a gente ia escolher quem entra, quem garimpa, quem tira madeira e qual o nosso ganho com isso. Ia dizer: aqui pode, aqui não pode! A gente não ia ter que ficar igual bicho se escondendo. Porque a gente não pode matar eles, mas eles matam a gente o tempo todo, com armas e com doenças.

A realidade de cada povo indígena era muito diferente, Carlos sabia bem disso. De fato, apesar de todas as conquistas dos últimos anos, os indígenas permaneciam sob a tutela do Estado, habitando terras da União, dependendo de um órgão federal para ampará-los nas questões mais triviais, como o fornecimento de medicamentos para combater as doenças trazidas pelas pessoas do lado de fora.

Naquele momento, Carlos já percebia com clareza os embates que se travavam entre a preservação das tradições e o multiculturalismo. Havia assistido, um mês antes, a uma reunião convocada por um chefe Ianomami em sua aldeia, em que ele fazia severa repriminda às meninas que não queriam mais usar os cabelos curtos, conforme a tradição local, porque haviam conhecido, em Boa Vista, meninas de outros povos que tinham os cabelos compridos. O debate acerca do contato e do multiculturalismo era muito mais ramificado e profundo do que as abordagens genéricas poderiam fazer supor.

A questão envolvendo os diferentes níveis de interação entre os povos, indígenas ou não, constituía o grande divisor de posicionamentos naquela reunião. Havia aldeias em contato estreito com cidades próximas, onde se desenvolvia intenso intercâmbio de produtos indígenas e manufaturados, nos dois sentidos. E as trocas não se davam apenas no plano econômico, mas também no simbólico e até no religioso. Por outro lado, existiam povos isolados que se insurgiam contra qualquer tipo de contato. Estes últimos estavam, sem dúvida, em maior estado de vulnerabilidade, pois suas terras eram invadidas constantemente, seu habitat degradado, e eles morriam às centenas, assassinados, de fome ou de doenças. Eram o maior foco de preocupação de Carlos.

A reunião entre as lideranças foi, portanto, acalorada e pouco produtiva. Todos queriam autonomia, esse era o único discurso comum. Uma autonomia muito mais ampla do que a que tinha sido garantida pela Constituição. A forma como seria conquistada e regulamentada envolveria mais uma década de discussão e conflitos. Mas a pauta estava colocada: todos proclamavam seu direito à autodeterminação. Carlos estava cansado. Ao término da reunião, contou a alguns líderes mais chegados que estava saindo de férias por algumas semanas. Iria para São Paulo. Percebeu que Lucio, um cacique Macuxi, estava próximo, ouvindo a conversa. Lucio e Carlos nutriam grande animosidade entre si. Carlos sabia que Lucio tinha negócios com o pior tipo de gente que frequentava a Amazônia – traficantes, madeireiros e garimpeiros ilegais. Não se preocupava com os meios que utilizava para alcançar seus objetivos. No entanto, apesar de jovem, era um líder extremamente carismático, grandiloquente, querido pelo seu povo e respeitado por líderes de outros povos, por sua defesa intransigente dos direitos dos indígenas. Ele e Carlos chegaram a ter embates públicos, nos quais ameaças foram proferidas de ambos os lados.

Assim que chegou a São Paulo, Carlos foi avisado de que Lucio, acompanhado de outros indígenas Macuxi, havia feito reféns num posto da Funai. A lista de reivindicações era extensa, sendo que alguns acordos já haviam sido costurados para garantir a paz nas negociações futuras. No entanto, Lucio viu a oportunidade de acender os holofotes sobre os problemas de seu povo no momento em que o Lunático estaria de férias. Carlos teve de retornar às pressas para negociar a libertação dos funcionários e acabou não retornando a São Paulo. Cerca de um mês depois, pediu demissão da Funai.

28

Flor, minha flor

O encontro entre os três não poderia ter se dado em um local mais improvável. Marcos e Mariana estavam em Ouro Preto para assistir à montagem do grupo Galpão da peça *Romeu e Julieta*. Marcos já tinha assistido ao espetáculo no ano de sua estreia, em 1992, mas na época não conhecia Mariana. As temporadas se renovavam ano após ano, e Marcos insistiu que ela não poderia deixar de ver. Quando o assunto surgiu, eles tinham ido ao Rio assistir ao espetáculo *IntrepiDEZ*, da Intrépida Trupe, que retomou pela primeira vez uma estrutura narrativa que o grupo não adotava desde seu espetáculo de estreia, dez anos antes.

– Se o Joel fosse vivo, traria ele aqui para assistir a esse encontro entre a menina e o pássaro – disse Mariana, ao término do espetáculo, com os olhos marejados. – Ele ia adorar, tenho certeza. Pensei tanto nele!

Marcos apenas abraçou Mariana, sem dizer nada.

– Você vê como o Rio é diferente de São Paulo – continuou Mariana. – Porque a arte está na alma dessas cidades de formas muito distintas. Olha o que o Zé Celso está levando para o Teatro Oficina e o que essa trupe fez nascer aqui no Rio. Coisas totalmente diferentes, que dizem muito sobre cada lugar.

— Sim, muita coisa fantástica tem surgido no teatro brasileiro nos últimos anos – concordou Marcos. – Você já deve ter visto também o que o Galpão está fazendo lá em BH.

— Pior que não vi... – disse Mariana, balançando a cabeça.

— Hein? Como não? E a sua mineirice, tá encostada onde?

— Ih, minha mineirice é muito complexa. Tenho um desenredo com ela, um desencontro. Quando estou longe, ela me habita; quando vou até lá, ela me foge, me joga num estranhamento de doer. Então, tenho evitado ir a Minas.

— Pois isso vai acabar! Vim da Bahia para cerzir esse buraco aí. Porque, quando você assistir ao *Romeu e Julieta* do Galpão, vai encontrar o Guimarães Rosa, o barroco mineiro, o teatro de rua, o circo, toda a inocência alegre da cultura brasileira que você só vai achar lá, em Minas Gerais. É uma pena que você não vai ver a montagem original, com a Wanda Fernandes, que morreu num acidente de carro faz uns dois anos. Montaram aquela primeira versão do espetáculo sobre uma Veraneio 1974. Quem viu nunca vai esquecer...

Marcos ficou alguns segundos distante, relembrando. Em seguida, continuou:

— Mas o que eu tenho ouvido falar é que a montagem atual não fica nada a dever. A gente vai, decidi aqui por nós dois. Se você voltar de lá descosturada ainda, eu me rendo e te deixo em paz. É bom que você vai poder comparar o

Shakespeare de Minas com o Shakespeare de São Paulo, aquele do Zé Celso que a gente viu.

— Confesso que me lembro de pouca coisa do Shakespeare paulistano. Lembro da música e da sensação de ter sido capturada num sonho muito louco, só isso.

— Já está bom. É o que basta.

Dois meses depois, Marcos estava comprando garrafas de água mineral, poucos minutos antes de o espetáculo *Romeu e Julieta* começar numa praça de Ouro Preto. Tinha perdido Mariana de vista, mas sabia que direção tomar para a encontrar. Quando a avistou de longe, estacou ao perceber com quem ela conversava no meio da multidão. Marcos o reconheceu imediatamente. Sabia quem ele era antes mesmo de conhecer Mariana e tomar conhecimento da relação entre os dois: uma figura controversa e lendária no meio indigenista, com aparições por vezes bombásticas na imprensa, especialmente no período da Constituinte. Marcos não lhe tinha qualquer simpatia naquela época, achava que ele queria mais aparecer do que resolver qualquer problema ou injustiça cometida contra os indígenas. Nos últimos anos, depois que deixou a Funai e passou a atuar no meio acadêmico, Carlos parecia mais ponderado, embora nunca tivesse perdido aquele sorriso irônico que, junto com o olhar enviesado, traía uma postura que Marcos considerava arrogante.

Cerca de um mês antes, ele e Mariana tinham assistido a uma entrevista com Carlos no programa *Roda Viva*, da TV Cultura. Marcos evitou olhar para Mariana durante toda a transmissão e pela primeira vez conseguiu ver Carlos como uma pessoa complexa que carregava uma indisfarçável tristeza por trás dos olhos oblíquos. Naquele momento, Marcos teve um sentimento que nunca conseguiu explicar: um desejo verdadeiro pelo bem-estar daquele homem, que não mais percebia como um rival, mas como alguém que tinha uma profunda conexão com a mulher que ele amava.

Marcos ainda hesitava diante da decisão de se aproximar ou não dos dois, quando Mariana virou para trás e o chamou.

***

Mariana estava no local que havia previamente combinado com Marcos, junto a um poste de iluminação, esperando o início do espetáculo que aconteceria na rua, como era a proposta do grupo Galpão. Fazia muito calor, e Marcos tinha ido comprar água para os dois. Sentiu um leve esbarrão nas costas, e, quando se virou, lá estava Carlos, sorrindo para ela.

– Perdida por aqui? – ele perguntou.

Mariana ficou perplexa. Fazia mais de um ano que eles não se viam, e Carlos não tinha como saber que ela estava ali. Que o acaso achasse de os reunir na mesma cidade, fora de São Paulo, já era difícil de acreditar, mas reuni-los no mesmo ponto de uma multidão em Ouro Preto não era razoável.

– Não, não é possível, isso não está acontecendo. O sol derreteu meus miolos e agora estou tendo alucinações – ela disse.

– Eu falo que tem uma mágica aí, mas não te conto, senão perde o efeito – respondeu Carlos, com a alegria estampada nos olhos. – Está sozinha por aqui?

– Não – respondeu Mariana, de forma simples, porém clara.
– Eu estou com uns amigos ali também – disse Carlos. – Mas talvez a gente possa jantar mais tarde, só nós dois.
– Hoje não vai dar – disse ela, afável, porém sem qualquer hesitação. – Daqui você vai pra São Paulo?
– Sim, depois de amanhã.
– Então nos encontramos lá.

Mariana virou para trás e viu Marcos parado, a uma certa distância, segurando as garrafas d'água. Fez um aceno, pedindo para ele se aproximar. Mariana fez as apresentações. Marcos estava com as duas mãos ocupadas, então Mariana se apressou em pegar as garrafas. Marcos secou a mão direita na barra da camisa e a estendeu a Carlos, que retribuiu o gesto e, em seguida, com a mão esquerda, cobriu a mão que apertava, num gesto fraternal. Marcos era cinco anos mais novo que Mariana e, portanto, vinte anos mais novo que Carlos. As mãos finas de um contrastavam com as mãos calejadas do outro. Além disso, o sol havia vincado fortemente a pele branca do rosto de Carlos, fazendo-o parecer ainda mais velho.

– Muito prazer – disse Marcos, com simpatia. – Venho acompanhando com interesse seu trabalho nos últimos anos. A pesquisa de campo você já tinha na bagagem. Mas não imaginei que tivesse disposição para a produção acadêmica.

– E acertou – respondeu Carlos. – Não tinha. Mas a vida vai abrindo umas picadas inesperadas, e a gente acaba se enturmando em outros lugares.

Carlos olhava diretamente nos olhos de Marcos, sem vieses nem dubiedades. Estava sendo amistoso, franco e direto.

— Bem, gente, vou indo que a peça está começando. Deixa eu ver onde deixei meu pessoal — disse Carlos, olhando para trás.

Quando já ia se distanciando, no entanto, Carlos parou e voltou para abraçar Mariana. No seu ouvido, disse:

— Seja feliz, meu bem.

— Me liga — ela respondeu.

Enquanto Carlos se afastava, os primeiros versos da música-tema de *Romeu e Julieta* começaram a soar no espaço aberto, sobre a multidão encantada:

Flor, minha flor
Flor, vem cá
Flor, minha flor
Laiá laiá laiá

29

Luiza

– Conheci Mariana no último ano do colégio, quando íamos prestar vestibular. Nunca tinha cruzado com ela antes, porque sempre estudei no turno da manhã, e ela no da tarde. Quando a conheci, vivia isolada, sentava lá na primeira fila e conversava muito pouco. As pessoas diziam que ela tinha algum problema mental.

Marcos tinha convidado Luiza para jantar e conversar sobre Mariana. Sentia-se atraído por ela e achava que o sentimento era recíproco, mas Mariana sempre se esquivava de qualquer tentativa de aproximação que ele fizesse.

– O problema mental era o lance da memória? – perguntou Marcos.

– Sim, mas as pessoas não sabiam direito, ou não se interessavam. Eu achava estranho, porque Mariana estudava naquele colégio desde os onze anos. Imagino que os primeiros tempos foram os piores em termos de relacionamento. Devia ser difícil confiar em alguém. Ela deve ter ouvido muito deboche e piadinha, senão coisa pior. Mas nunca comentou comigo, nunca se queixou, eu é que estou supondo. Aí os anos foram passando, e acho que as pessoas se acostumaram ou esqueceram mesmo, sei lá. Mariana virou só uma garota esquisita. Todo mundo se lembrava e comentava do acidente de avião, isso sim, da família que tinha morrido e da qual ela era a única sobrevivente.

— E como vocês se aproximaram?

— Eu me aproximei, né? Comecei a me sentar perto dela, fazer perguntas sobre as matérias, essas coisas. No início, era muito retraída, mas depois descobri uma pessoa alegre e espontânea, que de repente deixava escapar umas risadas sonoras. Parecia que tinha uma vontade de alegria que estava reprimida. Fiquei meio apaixonadinha nessa época, você sabe, sempre tive atração por mulheres, e Mariana além de tudo era linda, com aquela beleza exótica que faz a gente querer ficar olhando pra ela — Luiza riu. — Mas não se preocupe, isso já passou faz muito tempo. Logo, logo descobri que Mariana gostava de homens e somente deles.

— Mas pra mim ela não dá uma chance...

— É que tem uma questão aí que não posso te contar, não tenho o direito, ela mesma vai ter que se abrir com você — disse Luiza, séria.

— A paixão pelo Lunático? Ela me falou.

Luiza ficou boquiaberta.

— Sério? Então você já sabe por que ela não te dá uma chance, ué.

Marcos coçou a testa, pouco convencido.

— Sinceramente, achei que era só uma desculpa para me afastar. Ela quase não o vê, praticamente não se falam, têm encontros bissextos, como isso pode ser sério?

— Então você não entendeu mesmo! É sério, muito sério. Mariana sempre gostou de namorar, tem um fogo de se admirar. Mas a única vez que se apaixonou foi por esse cara. Uma coisa de doido. Mudou a vida dela, as percepções, as memórias, os sonhos, tudo! E assim, de avalanche! Ficaram juntos um final de semana, e depois ele sumiu por três anos. Acredita nisso? E ela é louca por ele até hoje. Tem mais de dez anos que se conheceram, e durante esse tempo devem ter se visto menos vezes do que eu tenho dedos nas mãos para contar.

Marcos ficou pensativo, lembrando-se do momento em que Mariana contou a ele que era apaixonada por Carlos. Falou que tinha um "defeito anímico", que alguma coisa além da memória não funcionava direito na sua cabeça.

– Eu diria para você continuar tentando porque o que eu mais quero é que ela se livre disso – continuou Luiza. – Mas não posso te deixar cair nessa furada sem te prevenir. Vou te falar, eu adoro a Mariana, ela é minha melhor amiga, é generosa, empática e alegre. É geniosa também, quer que as coisas sejam do jeito que ela acha que têm de ser. Em suma, tem qualidades e defeitos como todo mundo. Mas vou te dizer a única coisa que ela não é: uma pessoa comum. Isso não. E não estou falando só dessa questão específica da memória, não. Estou falando de intensidade, em todos os sentidos. Parece que tudo nela é vivido no superlativo. Ela é capaz de começar a cantar uma música de manhã e continuar cantarolando até o fim da noite, sempre que não estiver falando ou pensando em alguma coisa. Como se tivesse um rádio ligado na cabeça dela, repetindo a mesma música, o tempo todo. Se a gente sai pra dançar, ela se entrega totalmente ao ritmo e parece que nunca vai parar. Às vezes, a música acaba e ela continua dançando. – Luiza deu uma risada. – Se tem raiva, fica remoendo durante um tempão. Depois esquece, mas, na hora da raiva, parece que está diante da maior questão do universo, mesmo que seja apenas um motorista que jogou uma lata de cerveja pela janela do carro. A inteligência é aguçadíssima, você não sabe como é difícil vencê-la numa argumentação. Agora, você pega toda essa intensidade, joga no campo da paixão e tenta imaginar até onde isso pode chegar.

– Mas você não acha que isso tem a ver com essa existência do tipo "um dia de cada vez"? Nossa, me parece tão plausível esse aumento de intensidade que você descreveu aí, considerando que se trata de uma pessoa que vive basicamente no presente, no espaço de tempo de uma vigília...

– Ela tem algum nível de memória, Marcos. Não é um branco total. E vem melhorando com o passar dos anos.

– Eu sei, já percebi. Mas não é como nós, definitivamente. Você já pensou que ela pode ter aprendido a lidar socialmente com os brancos de sua memória?

– Sim, acho que sim.

Luiza baixou os olhos. Parecia cansada. Marcos segurou as duas mãos dela, que estavam sobre a mesa, e percebeu que era o momento de mudar de assunto.

– Fala pra mim, meu tatuí, o que está te deixando tristinha?

Luiza riu. O apelido de tatuí, que ele lhe deu ainda na faculdade, era praticamente uma injúria que ela aceitou por conta da amizade tão afetuosa. Marcos tinha se transferido da Universidade Federal da Bahia para a USP faltando dois períodos para terminar o curso de direito.

Luiza era quatro anos mais velha que ele e cursava seu segundo bacharelado. Tinha puxado matérias do curso anterior, de ciências sociais, por isso não tinha uma turma fixa na faculdade. Era pequena, meio alourada, usava os cabelos curtos, puxados para trás e fixados com gel, o que realçava seus grandes olhos azuis. A amizade surgiu espontaneamente entre eles, talvez porque se sentissem como dois novos satélites orbitando um mundo coeso.

– O de sempre, né? Esse desamor permanente em que eu vivo.

– Não diga isso. Você é tão querida, e por tanta gente!

– Você sabe do que estou falando. – Luiza fixou seus olhos nos dele. – Mas uma decisão, pelo menos, eu tomei agora. Posso até ficar sozinha para o resto da vida, mas não vou mais tentar me relacionar com homens. É uma violência contra mim. Não gosto, acho invasivo, não consigo ter prazer. E vejo o quanto é mais fácil ser heterossexual. Assisti a vida toda Mariana enfileirar pretendentes, sem o menor constrangimento. Agora, eu não tenho coragem de me aproximar de uma mulher por quem eu me sinta atraída. Tenho medo de ser repelida como uma aberração.

– Posso te dizer uma coisa? Acho que essa ideia de aberração existe mais na sua cabeça do que no mundo. Você precisa relaxar, se deixar levar um pouco mais, com mais leveza. Não estou dizendo que é fácil. A sociedade ainda tem um longo caminho pela frente até absorver a ideia de que qualquer forma de amor é natural e benéfica para todos. Mas, mesmo no momento atual, esse de tanta intolerância e preconceito, você não precisa estar vivendo essa angústia, essa negação. De jeito nenhum, é absurdo!

Marcos fez uma pausa, pensou um pouco, olhou para o relógio e depois sugeriu:
— Por que você não me deixa te levar em um lugar bem legal que eu conheço? Garanto que você vai se sentir linda, viva, querida, desejada, tudo, menos uma aberração.
Luiza apertou as mãos de Marcos e depois as soltou para limpar duas lágrimas que lhe escaparam.
— Só se for agora — ela respondeu.
— Você me ganhou, garota. Quando não me quiser mais por perto, é só fazer um sinal, que eu saio de fininho.

30

Mens rea

Carlos decidiu esperá-la no Ibirapuera, em vez de telefonar, como Mariana havia pedido em Ouro Preto. Sabia que ela tinha rotinas e horários mais ou menos fixos, então resolveu tentar a sorte. Sentou-se num banco próximo à pista onde ela costumava correr todas as manhãs e aguardou.

Mariana o avistou de longe e correu para abraçá-lo. Estava molhada de suor, mas nenhum dos dois se incomodou com isso. A necessidade do contato físico era urgente para ambos, tanto que ficaram alguns minutos abraçados.

— Como está, meu amor? — sussurrou Mariana no ouvido de Carlos.

— Estou bem, estou bem, Mari — ele respondeu. — Que bom que te encontrei, que bom…

Quando finalmente se sentaram em um banco do parque e puderam conversar, Carlos estava realmente emocionado.

— Vi que você tem alguém agora. Estão morando juntos? — ele perguntou.

— Sim. Lá mesmo, no meu apartamento, o que tia Esther comprou pra mim. Ele é bem grande, então fizemos umas adaptações para caber nós dois, nossos mundos tão diferentes.

— Que bom — disse Carlos, sem conter as lágrimas. — Te juro que fico muito feliz. O rapaz parece tão bom, correto, e dá pra ver que ele gosta de você.

— Sim, ele é maravilhoso — respondeu Mariana, enquanto deslizava as mãos pelo rosto de Carlos.

— Desculpa por eu nunca ter conseguido te dar um amor assim. Você merecia mais do que ninguém.

Carlos estava muito emocionado e não conseguia se conter. Chorava de um jeito que Mariana não supunha que ele fosse capaz.

— Podemos nos ver mais tarde? Eu queria conversar um pouco contigo, mas olha como estou — ele disse, secando o rosto com as mãos.

— Sim, claro que sim. Que tal repetirmos nosso primeiro encontro, aquele da Paulista? Será que aquela lanchonete ainda existe?

— Será que algum dia existiu? — Carlos riu. — Ou será que é só um lugar mítico que inventamos para guardar nossas primeiras lembranças nesta cidade labiríntica?

— Pode ser, mas não importa. Vamos nos encontrar na calçada do outro lado da rua, em frente ao MASP. Se não houver uma lanchonete ali, procuramos outro lugar. Pode ser às quatro?

— Sim, estarei lá — respondeu Carlos.

Beijaram-se longamente, até que Mariana tomou coragem para se levantar e continuar sua corrida.

Quando se reencontraram mais tarde, não acharam a lanchonete. Só se viam algumas lojas fechadas, em reforma.

Carlos sugeriu que procurassem uma padaria em uma das transversais da avenida, mas Mariana o cortou:

– Onde você está hospedado? Podemos ir para lá? Temos tão pouco tempo...

O apartamento ficava a três quarteirões do MASP e tinha sido emprestado por um amigo de Carlos que estava viajando. Caminharam até lá, apressadamente, de mãos dadas, como se a vida tivesse ficado urgente. Depois de se amarem por quase duas horas, Mariana se levantou para ir ao banheiro e, na volta, sentou-se na cama, de frente para Carlos.

– Você me disse lá no parque que queria conversar. Eu quero ouvir. O que é? – perguntou Mariana.

Carlos ajeitou os travesseiros para se encostar na cabeceira da cama.

– Acho que senti necessidade de me explicar, foi isso. Achei que tinha perdido você e não queria que a gente se afastasse de vez sem que eu conseguisse te dizer algumas coisas.

– Ok, você não me perdeu. Nem sei se isso vai acontecer antes que um de nós morra. Mesmo assim, quero que você fale. Nunca te pedi nada, nenhuma explicação, mas agora quero ouvir o que você tem a me dizer.

– Queria dizer que eu te amo. – Carlos baixou os olhos. – Nunca disse isso a ninguém, nem à esposa que eu tive, trinta anos atrás, e que perdi. No fundo, sempre achei que esse tipo de amor era uma falácia, um engodo que usamos para reproduzir certos vícios da sociedade. Já senti amor, sim, por coisas grandes, coletivas, que me arrebatam de verdade. Também tenho afeto por pessoas individualmente, é claro, mas nada que eu chamaria de amor.

– E por que comigo é diferente? Ninguém que conheça a nossa história acreditaria nisso. Não foi apenas distância que você colocou entre nós. Foi silêncio também. Principalmente o silêncio. Falo numa boa, Carlito, sem mágoas.

– O que é o amor para você? – ele perguntou. – Descreva, por favor.

– É um querer bem imenso a outra pessoa, que ocupa cada espaço do nosso ser, o tempo inteiro, e não estabelece condições nem limites para existir.

– Isso eu sinto por você – Carlos atalhou. – O que mais?

– Um desejo absoluto de compartilhar o máximo da vida com essa pessoa a quem você quer bem.

– E isso não é uma condição?

– Não. Tanto que estamos aqui juntos. Se o máximo que a vida me dá a compartilhar contigo é isso, aqui estou.

– Comigo não é diferente.

– É, sim, Carlito. Completamente diferente. Quando você deixou a Funai, poderia ter vindo para São Paulo. Qualquer universidade deste país, além da Federal do Amazonas, que foi onde você decidiu ficar, lhe daria o cargo de professor ou pesquisador com notório saber na área de antropologia.

– Meu mundo está lá, Mariana. Não vivo dentro dos muros da universidade. Continuo me movimentando constantemente pela floresta, observando de perto a condição dos indígenas isolados, que vivem sob extrema vulnerabilidade.

– São suas escolhas, portanto – concluiu Mariana.

– Sim, não nego. Se eu te chamasse para viver essa vida comigo, teria algum cabimento?

– Você nunca me perguntou.
– Porque eu não faria isso com você. Não cometeria o mesmo erro duas vezes. Seu lugar é aqui, o meu é lá.
– Não sei se concordo nem se compreendo o que você está tentando me dizer. Qual seria o mesmo erro?
– Isso não importa agora. Cometi muitos erros na vida, que podem ser chamados de pecados pelos religiosos ou crimes pelos juristas. Para mim, são erros. Tenho consciência da minha culpa e sei que não posso arrastar ninguém para minha própria lama. Muito menos você. Eu não suportaria isso.
– Posso saber o que você chama de crimes?
– Eu matei um homem, por exemplo.
Carlos disse essa frase sem hesitações ou rodeios. Em seguida, prosseguiu:
– E não importam as circunstâncias, sabe? Atenuantes, justificativas, nada disso. Quando a gente mata uma pessoa, uma parte da nossa humanidade se perde e nunca mais retorna. Quando me dei conta disso, percebi que não sou propriamente um assassino. Mas matei, sim, uma pessoa.
– E não existe a possibilidade de você responder por isso?
– Dificilmente. Já se passaram alguns anos, e sei que cobri perfeitamente meus rastros. Também não creio que ir para a cadeia me redimiria de nada do que eu fiz.
– Você não parece sentir nenhuma culpa com relação a isso – disse Mariana.
– Culpa? Acho que não, pelo menos não guardo isso como um martírio pessoal. Na verdade, não tive escolha. Mas sou culpado e carrego essa morte dentro de mim. Carrego outras também, das quais não fui o agente direto,

mas contribuí de alguma forma. A você, Mari, só quero proteger, de mim, de tudo que eu sou, do que eu represento. Levá-la comigo não seria amor, não da forma como você mesma acabou de definir. Seria puro egoísmo.

    Carlos olhou para Mariana com um misto de ternura e dor.

    – Sabe quando tive certeza desse amor? Desse bem-querer absoluto que sinto por você? – ele prosseguiu. – Quando te encontrei em Ouro Preto com o seu companheiro. E não foi porque achei que tinha te perdido, não foi isso. Não senti nada parecido com ciúmes. Tive medo, sim, não vou negar, de nunca mais ter você nos meus braços, mas também fiquei aliviado e contente, de verdade, por ver você sendo amada por alguém que pode passar a vida ao seu lado e te oferecer o que eu não sou capaz de dar.

    Mariana sentiu um aperto no peito, um verdadeiro pesar diante da impossibilidade de ver consumada aquela paixão por inteiro, devido a fatores que nenhum dos dois tinha o poder de modificar. O que parecia uma escolha se afigurava agora como uma fatalidade. Então respirou fundo e estendeu seu corpo sobre o de Carlos, deixando-se ficar, por mais um par de horas, a trocar carícias com ele.

    Voltou para casa por volta das nove da noite e encontrou Marcos no escritório, ainda trabalhando. Mandou-lhe um beijo à distância e disse que ia tomar banho. Quando retornou, com a toalha enrolada na cabeça, Marcos tinha enchido duas taças de vinho. Eles beberam sem quase se falar, trocando murmúrios de carinho um com o outro. Em seguida, ela se deitou no sofá, com a cabeça no colo de Marcos, e adormeceu.

31

Ma'chai

Lucio era filho de um relacionamento interétnico entre um Wapichana e uma índia Macuxi. O casamento nunca se consumou, uma vez que o pai de Lucio, Clemente, tinha se comprometido com o cacique de sua aldeia a se casar com a filha dele. A gravidez inesperada fez com que a índia Macuxi voltasse para sua aldeia, a fim de criar o filho junto aos seus parentes. Clemente não quis romper o compromisso anteriormente firmado com o cacique e deixou que ela fosse embora, apesar de lhe ter grande afeição. Com isso, não acompanhou o crescimento do filho, não o ensinou a caçar ou a pescar e poucas vezes o viu antes que se tornasse um jovem adulto.

Desde cedo, Lucio se mostrou um líder nato e passou a atuar politicamente pela demarcação das terras indígenas, especialmente no norte de Roraima, tornando-se admirado por lideranças de várias etnias da região. A questão da paternidade nunca foi mencionada, e cada qual seguiu com sua vida; no entanto, Clemente sabia quem era seu filho e o acompanhava à distância, procurando saber notícias dele pelos missionários que se movimentavam entre as aldeias da região. A mãe morreu de tuberculose quando Lucio ainda era muito pequeno, então ele foi criado pela família materna como órfão de pai e mãe.

    Carlos frequentava bastante aquela região quando se deu a ascensão meteórica de Lucio como ativista político. Nessa época, residia a maior parte do tempo entre os Wapichana, especialmente na aldeia de Clemente, que o considerava um amigo, um homem branco muito especial e reservado, pouco dado a falar, embora tivesse aprendido a língua wapichana com rapidez e sem maiores dificuldades. Dele, pouco se sabia, exceto que vivia como um peregrino e defendia os indígenas no mundo dos brancos. Mas Clemente lhe tinha confiança, considerava que os silêncios eram uma espécie de moléstia que podia dar nos brancos e conseguia ter diálogos longos com ele, privadamente. Foi numa dessas conversas que Clemente perguntou se Carlos conhecia Lucio.

    – Conheço, sim. É um rapaz jovem, impetuoso. Tem boas intenções, mas precisa de alguém para guiá-lo. Alguém que lhe diga aquilo que vocês falam para qualquer jovem da idade dele: *Aona puaitapan amazada (Você não conhece o mundo)*. Lucio não conhece nada do mundo, mas se acha bastante sabedor.

    – Mas ele tem viajado muito, corrido o mundo, pelo que tenho escutado por aí – ponderou Clemente.

    – Sim, mas você sabe que isso não basta. Ele não tem o conhecimento da experiência. Domina uma narrativa inflamada, mas que ainda não é dele. Vai precisar de um bom tempo até se tornar um *kwad pazo*, adquirir sabedoria.

Carlos sabia como ninguém utilizar os argumentos próprios da cultura de um povo para expor seus pontos de vista.

– Muito conhecimento envelhece a pessoa. A gente agora precisa da juventude dele – pontuou Clemente.

– Não posso deixar de concordar – disse Carlos, percebendo que Clemente também tinha admiração pelo rapaz. – Mas é preciso observá-lo, ele é muito independente, foi criado solto e diz que está inaugurando sua própria linhagem, uma vez que nasceu sem pai nem mãe. Isso me preocupa um pouco.

– Ele diz isso mesmo? – perguntou Clemente.

– Diz. Eu escutei com os meus próprios ouvidos.

Quando, alguns anos depois, Carlos teve de retornar às pressas de São Paulo para negociar a liberação de reféns num posto da Funai, após um sequestro liderado por Lucio, os dois já eram antagonistas e se conheciam muito bem. Tinham conversado poucas semanas antes de Carlos sair de férias e alinhado estratégias. Naquele ano, a Raposa Serra do Sol tinha sido formalmente identificada pela Funai, que estabeleceu as coordenadas geográficas do espaço a ser demarcado. Esse primeiro passo estava dado, e não cabia, naquele momento, uma incursão agressiva, repleta de ameaças hostis, para exigir uma imediata demarcação.

No momento em que se sentaram pela primeira vez para negociar os termos de liberação dos reféns, Carlos estava convencido de que não cederia absolutamente em nada. O mínimo que Lucio conquistasse o alçaria a uma posição ainda mais proeminente entre aqueles que queriam a guerra, e Carlos estava cansado de dar a vida negociando para dois lados que não queriam falar com ele. Quando finalmente Lucio foi obrigado a recuar sem obter nenhum resultado com sua investida, sentiu-se humilhado e mandou um recado claro para Carlos assim que os dois se encontraram a sós:

— Você vigie suas costas, noite e dia, que eu vou te caçar e abrir ao meio, tal qual se faz com uma paca. Depois vou cortar tua carne em pedaços e vender aos brancos como sendo de bicho.

Carlos sabia que a ameaça não era gratuita e que, a partir daquele momento, passava a correr risco real de ser morto em uma emboscada. Por isso se preparou para virar o jogo sobre seu predador, atraindo-o para a mata e trocando de posição com ele. Não pretendia matá-lo, mas, quando o encontro finalmente se deu entre os dois, não teve escolha: precisou disparar quando o outro já saltava sobre ele empunhando um facão.

A morte de Lucio teve grande repercussão entre os povos indígenas do norte de Roraima. Porém, ninguém chegou a atribuir o assassinato a Carlos, pois, segundo informações que circulavam de boca em boca, ele estava em Boa Vista no momento do ataque. Muitos afirmaram que ele tinha sido visto, naquela mesma tarde, na Coordenação Regional da Funai de Roraima, distante quase quatrocentos quilômetros do local do crime.

Para Clemente, no entanto, a morte do filho foi um duro golpe. Durante vinte anos, não conseguiu esquecer e viveu seu luto em silêncio. Para um Wapichana, no entanto, o esquecimento é fator imperativo para que o espectro do morto deixe os vivos em paz. *Ma'chai*, o espectro, espalha destruição e putrefação enquanto o morto não é esquecido. A aldeia de Clemente passou por grandes catástrofes naturais durante aqueles vinte anos, especialmente epidemias que reduziram drasticamente sua população. Mas Clemente nada podia fazer para esquecer o filho assassinado. Só quando descobrisse quem o matou e se vingasse é que poderia tratar de esquecê-lo e assim restituir a paz ao seu povo.

A informação tardou, mas acabou chegando aos ouvidos de Clemente por meio de um antigo funcionário da Funai que ele encontrou certa vez, caindo de bêbado em um bar em Boa Vista.

– Aquele filho da puta do Lucio? Foi o Lunático que deu cabo dele, hahahaha! Ele jurou o Lunático, eu assisti. Disse que ia fazer picadinho dele. Ninguém viu que eu estava lá, mijando ali perto. E quer saber? Fui eu mesmo que espalhei a mentira de que o Lunático estava em Boa Vista. Tava nada! Tava lá na Raposa, nas terras do Dejair. Ele nunca me pediu isso, mas eu fiquei tão feliz por ele ter acabado com aquele safado filho da puta, que inventei o álibi pra ele. E funcionou direitinho.

Clemente ouviu aquele relato como quem toma um golpe seco no peito. Sim, fazia sentido, muito sentido. Na época, algumas pessoas levantaram a hipótese de ter sido o Lunático. Muita gente sabia que Lucio queria emboscá-lo. Mas o relato de que Carlos estava em Boa Vista ganhou corpo rapidamente, e o povo passou a repeti-lo sem se preocupar em confirmar. Clemente tinha grande estima pelo Lunático, então ficou satisfeito em saber que ele estava distante na hora do crime e não pensou mais no assunto.

    Agora, ele só precisava voltar para casa e começar a planejar sua vingança.

32

A casa

Quando desistiu de esperar Mariana no Ibirapuera, Carlos decidiu voltar para Roraima no primeiro voo que encontrasse, fazendo conexões, se necessário. Só queria ir embora de São Paulo o quanto antes. Passou no apartamento onde estava hospedado para buscar sua mochila e o quadro que tinha comprado na exposição. Escolheu seu Gato de Cheshire pelo catálogo e fez a compra por telefone, pedindo que a entrega fosse feita no endereço que indicou. Já fazia algum tempo que buscava ficar invisível, exatamente como o gato de Alice, e a certeza de que não veria mais Mariana o fez querer partir sem demora.

Desde que se aposentara na universidade, dois anos antes, Carlos vivia como colono na fazenda de Dejair. Trabalhava no plantio, ajudava no que fosse necessário, mas morava sozinho em uma pequena casa de quatro cômodos, tendo somente a companhia de um cachorro que resgatou em uma cheia do rio que corre ao lado da propriedade. Nos fins de tarde, volta e meia apareciam na sua porta três meninos, filhos de outros colonos que também viviam naquelas terras, para ouvir as histórias que Carlos contava, logo ele, que nunca se imaginou com talento para lidar com crianças e muito menos para inventar histórias infantis. Tudo começou quando os meninos levaram um filhote de tatu que estava machucado para ele tentar "consertar".

– Leva lá no seu Carlos, que, se ele não conseguir resolver, é que o bicho tá desenganado mesmo – disse a mãe, para se livrar daquelas crianças que zanzavam pela casa com o tatuzinho ferido no colo.

Carlos conhecia muitos remédios feitos com ervas da floresta, que cultivava num canteiro atrás de sua casa, e cuidou do bicho, que logo se recuperou. Nesse mesmo dia, contou a primeira história, narrando as peripécias daquele tatu, de como ele se machucou e depois foi buscar ajuda na casa dos meninos. Dali em diante, eles passaram a levar qualquer animal que encontravam com algum ferimento ou doença, ainda que imaginários, para Carlos curar e contar uma história. Quando eles apareceram com um grilo entre as mãos, Carlos o pegou e soltou no mato. Então disse:

– Vou contar a história daquele grilo ali, mas vamos combinar uma coisa: vocês podem vir aqui até quando não encontrarem nenhum bicho doente pra eu cuidar. Aí eu conto histórias antigas, de bichos que vocês nunca viram, mas que eu conheci nessas matas por aí, ou que chegaram na porta da minha casa para pedir ajuda. Está bem assim?

Os meninos ficaram animadíssimos, tanto que já nem queriam mais ouvir a história do grilo. Porém, Carlos disse que precisava contar o que aconteceu com ele, ou o encanto da doença não iria se quebrar, e o inseto acabaria morrendo.

Assim o Lunático vivia seus dias depois que envelhecera: com um tanto de trabalho na roça, compartilhando pequenas alegrias, descobrindo beleza em coisas aleatórias e sentindo-se em paz como nunca imaginou que seria possível.

Tão logo retornou à fazenda, Carlos passou em casa, deixou suas coisas e bateu um prego na parede em cima do sofá para pendurar o quadro que trouxera de São Paulo. Olhou para a tela negra, cortada apenas pelo sorriso fino e os olhos que o fitavam de viés. A beleza da tela era intensificada pela assimetria dessas duas janelas que rasgavam o tecido escuro – os olhos quase centralizados, enquanto o sorriso praticamente escapava pela lateral, como se alguém o tivesse aberto com uma faca até que o traço saísse da tela. Carlos examinou o quadro de longe e concluiu: *sim, Mari, esse sou eu, afinal.*

Em seguida, foi ter com Dejair, que estava aborrecido porque ele não tinha telefonado para perguntar se eles estavam precisando de alguma coisa da cidade. Carlos sempre ligava antes de fazer o último percurso da viagem, mas estava com aquele quadro enorme e encontrou uma embarcação já de saída, cheia de colonos e indígenas que seriam transportados para diversos pontos ao longo do rio.

– Do que estamos precisando? – perguntou Carlos.

– Jacira fez uma lista de remédios que estão acabando, mas o mais urgente mesmo é o soro, que zerou. Temos tido muita picada de jararaca na roça, e as cascavéis também estão por todo lado, não sei o que aconteceu neste ano, tá demais. Outro dia, encontrei uma no banheiro e quase que não escapei do bote, a bicha foi muito rápida! Minha sorte foi que o chocalho denunciou a tinhosa.

— Eu vou buscar, então — disse Carlos.

— Agora? Você não vai conseguir, não tem mais barco tripulado. Ir sozinho na canoa, nem pensar. Deixa pra amanhã.

— Esse barco que me deixou aqui vai voltar. Se eu correr, com sorte ainda pego ele passando.

— Mas e a volta? — perguntou Dejair.

— Eu dou um jeito, não se preocupe — disse Carlos, já se apressando em direção ao rio.

— Carlos! — chamou Dejair. — Aqui, a lista que a Jacira fez! — disse, tirando um papel do bolso da calça. — Escuta só, toma cuidado, não vai se arriscar sem necessidade. Quando você voltar, vamos ter uma conversa. Tem uma coisa que está me preocupando.

Carlos apanhou o papel na mão de Dejair e, por um instante, hesitou, sem saber se corria ou se ficava.

— O que é?

— Depois a gente conversa. Só faz o que eu te falei. Toma tenência e não volta de noite. Muito menos sozinho. Se ficar difícil, vem amanhã cedo.

Dejair ainda observava Carlos se afastar em direção ao píer do rio, quando Jacira se aproximou.

— Você não devia ter deixado ele ir. Tenho um pressentimento ruim.

— Pressentimento, Jacira? Eu tenho é preocupação, isso sim. De uns dias pra cá tenho ouvido muita conversa sem direção, gente estranha perguntando por ele, assuntando por aí. Não gosto nada disso. Mas não existe nesse mundo um farejador melhor que o Lunático. Ele conhece os perigos e sabe se defender. Vai dar tudo certo. Daqui a pouco ele está de volta.

— Se Deus quiser — murmurou Jacira, se benzendo.

— Vai querer, Jacira, Ele há de querer — disse Dejair, tomando a direção do estábulo.

33

Encantado

Carlos despertou de um sono do qual não saberia dizer a duração, sentindo um formigamento no peito. Olhou para a flor da vitória-régia, que tinha adquirido tons de lilás e cujas pétalas começavam a se abrir, libertando parte dos besouros que completariam a polinização em outras flores.

A flor feminina em seu peito começou a murchar no mesmo instante em que sentiu um caroço duro crescer em seu ventre. Teve a sensação de que toda a masculinidade tinha se esvaído de seu corpo. Dominava-o um desejo de acolher e ser acolhido que nunca tinha experimentado, e sua mente, outrora tão racional e prática, tornava-se mais sensível e empática. Percebia-se como o receptáculo de uma vida que se desenvolvia pouco a pouco, e o sentimento o comoveu profundamente.

Várias imagens deslizaram diante de seus olhos enquanto ele gestava aquele fruto ainda imaturo. Nelas, as mulheres que passaram pela sua vida não eram mais vistas sob uma perspectiva externa. Era como se ele habitasse seus corpos e vivenciasse o âmago feminino de cada um deles.

Experimentava uma sensação de renascimento em vários movimentos. No primeiro deles, viu-se reduzido a um minúsculo bebê abrigado dentro da concha macia de uma vulva, aquecido e protegido pelos lábios grandes e pequenos, alimentado por um líquido tênue e fragrante que o envolvia permanentemente. O sentido de proteção e cuidado era absoluto. Junto a ele, outra sensação percorria todo o seu corpo, na forma de uma finíssima corrente elétrica: liberdade.

Em seguida, passou a habitar o corpo de sua mãe, enquanto ela gerava um filho no ventre e passava as tardes na cadeira de balanço da varanda, numa espera compassada em que não se media o tempo, mas tão somente as cadências – da terra que respirava, das aragens, das nuvens, do sol se aproximando do horizonte, do filho que, percebendo todos esses ritmos, adquiria o seu próprio, dentro da bolsa que o guardava e o nutria. A compreensão do sentido da espera, da paciência e da suavidade lhe veio de uma maneira que só ao ser feminino foi concedido perceber em sua plenitude. Em meio a toda essa assimilação, ainda era perceptível aquele fio de eletricidade que lhe percorria o corpo incessantemente, reafirmando o sentido irrestrito da liberdade.

No momento seguinte, sentiu a violência do soco que atingiu seu rosto, resultando em um jorro de sangue a lhe sair pelo nariz. Os golpes e chutes continuavam de forma incessante, imprimindo um ritmo completamente diferente à vida de sua irmã, cujo corpo ele agora habitava. Violentada física e sexualmente pelo marido, sob os olhos de todas as pessoas que não deviam se intrometer – inclusive os de seu único irmão –, ela agora lhe ensinava não o sentido da humilhação diante da violência, mas o da resistência que a fazia se reerguer continuamente, mesmo quando não encontrava saída. Com a espantosa descoberta do significado pleno da resiliência, Carlos sentia ainda o mesmo fio de eletricidade, agora mais forte, que lhe percorria o corpo velozmente, entregando-lhe o sentido inviolável da liberdade.

No instante em que se transportou para o corpo de Mariana, Carlos o reconheceu de instantâneo. Havia muito da matéria de que ela era feita já assimilada por ele ao longo dos inúmeros encontros que tiveram pela vida. No entanto, a percepção do amor como ato de doação incessante ele nunca havia experimentado. Não aprendera o amor como entrega. Tampouco aprendera o amor como a capacidade de receber no próprio ventre a força vital do ser amado. O dar e receber do amor lhe eram inteiramente desconhecidos, então ele agora sentia não mais o fio de eletricidade a lhe percorrer o corpo, mas uma descarga elétrica avassaladora que igualava o sentido do amor ao sentido da liberdade.

Ato contínuo, em seu ventre abriu-se uma fenda de onde uma pequena cabeça apontou. Quando os bracinhos emergiram, Carlos pegou a menina pelo corpo e a retirou completamente de seu abdômen, erguendo-a no ar. Nesse instante, uma rajada de vento os ergueu no espaço, arremessando-os para dentro da floresta com a força de uma descarga atmosférica que transformou seus corpos na energia pura da liberdade.

Na margem do rio, três meninas indígenas assistiram a esse desfecho boquiabertas. Do meio do redemoinho, viram um gavião-real alçar voo, carregando um filhote entre as patas. As penas de suas asas emitiam um brilho que transformou o mundo ao redor em um grande clarão branco por alguns instantes. Era um encantado. Deles, as meninas só conheciam as histórias contadas pelos pajés. Mas não tiveram dúvida de que tinham presenciado uma encantaria, e que um novo espírito, saído das águas, havia tomado a forma daquele pássaro feroz, que passou a habitar a floresta para defendê-la da destruição.

Epílogo

Dejair esperou quarenta e oito horas antes de reportar, no posto da Funai, o desaparecimento de Carlos. Primeiro, tentou procurá-lo pessoalmente, com a ajuda de funcionários da fazenda. Duas testemunhas afirmaram tê-lo visto embarcar sozinho em uma canoa, com a caixa de remédios e de soro, naquela mesma tarde em que não retornou à fazenda. Tomara de empréstimo a piroga de um ribeirinho conhecido seu, prometendo que a devolveria no dia seguinte. Uma semana depois, a canoa foi localizada pelas forças de segurança, vazia, alguns quilômetros rio abaixo. Havia manchas de sangue no fundo da embarcação, mas nenhum sinal de seu tripulante ou de seus pertences. As buscas prosseguiram durante três semanas, mas o Lunático não foi encontrado, vivo ou morto.

A notícia do desaparecimento do ex-sertanista chegou rapidamente aos jornais. Embora fosse uma figura bastante controversa, a quem as pessoas podiam amar ou detestar, não havia dúvida de que seu sumiço era impactante e exigia uma investigação minuciosa por parte das autoridades. Havia um emaranhado de versões sobre os últimos movimentos de Carlos, antes de ser visto pela última vez embarcando na canoa de Zé Simão. O chefe das investigações na Polícia Federal chegou a dar uma declaração dizendo que estavam tentando apurar o que Carlos tinha levado, de São Paulo até a floresta, dentro de um imenso embrulho, em formato retangular, lacrado com lâminas de compensado.

Três meses depois, Marcos e Mariana se reuniram, em um domingo, na nova casa de Luiza, que finalmente tinha tomado a decisão de ir morar com sua namorada, Taís, depois de dois anos de relacionamento. Os quatro estavam na mesa da varanda, tomando café, depois do almoço.

– O que você acha que aconteceu com ele? – perguntou Luiza a Mariana.

– Não faço ideia. Mas, sinceramente, evito pensar sobre isso. O que quer que tenha sido, acabou. Eu não soube como Carlos nasceu, como viveu, e agora não sei como morreu.

Marcos alcançou a mão de Mariana e a segurou, num gesto cúmplice. Ele sabia que, embora se mantivesse lúcida e tranquila, algo tinha se apagado dentro dela desde que soube da notícia do desaparecimento de Carlos. Ficava distraída o tempo todo, e sua memória recente parecia desmoronar.

– Sério? Não tem curiosidade? – perguntou Taís. – Ele atravessou, sei lá, trinta anos da sua vida.

Em seguida, Taís se virou para Marcos e falou:

– Você fica desconfortável com essa conversa? Prefere que a gente mude de assunto?

– De jeito nenhum – disse Marcos, de forma aberta e espontânea. – Tenho acompanhado essa história toda com bastante interesse. Descobri, nos últimos anos, que tenho verdadeira admiração pela vida de andarilho solitário desse homem e pelas convicções que moveram suas ações, tantas vezes intransigentes, mas das quais acabou por não tirar nenhuma vantagem pessoal. Nem tentou ser político ou candidato, apesar de ter sido bastante assediado por vários partidos. Gostaria realmente de saber o que aconteceu com ele.

— Ele não tinha parentes? — perguntou Luiza.

— Tem uma irmã, que mora em Santos, e pelo visto está muito empenhada em descobrir o que aconteceu — disse Marcos. — Parece que foi pra Roraima e está lá, acompanhando as investigações.

Mariana ficou alguns instantes em silêncio e depois falou:

— Na minha cabeça, eu sei que o Carlos morreu. Mas, ao mesmo tempo, ele vive aqui, dentro de mim, que era como vivia antes de morrer. Essa é a verdade. Parece que nada mudou. Hoje, eu nem sei mais a diferença entre vida e morte. Claro, se um de nós aqui morrer, os demais sentirão falta, porque somos muito próximos. Mas quem era próximo de Carlos?

— Você — disse Luiza.

— Só dentro de mim. Mas não compartilhávamos nada. Não sei como nasceu, de que brincava quando era criança, se o pai lhe batia, qual o seu doce favorito, que sonhos tinha, como foi sua vida até o nosso encontro, ou como foi sua vida até agora, com quem falava, sobre o que falava, o que o entediava, se cochilava lendo um livro ou na frente da televisão... Eu não sei nada disso. Nossos momentos juntos foram lacunas no tempo e no espaço de nós dois.

— Mas você acha que o que ele sentia por você era realmente amor? — perguntou Luiza.

— Ele achava que sim, disso eu tenho certeza. Mas hoje entendo que o amor é muito mais do que querer bem uma pessoa e tentar compartilhar parte da sua vida com ela. O amor precisa, para existir, de um *desejo de amar* a outra pessoa, desejo esse que precisa ser constantemente renovado. A minha impressão é que Carlos encontrou uma porta semiaberta, foi convidado a entrar várias vezes, mas nunca cruzou o limiar, ficou apenas na entrada, embevecido com o que via. Mas assumir por inteiro o desejo, isso ele nunca se permitiu.

— Para mim, é tudo muito bizarro — disse Taís. — Não é que não possam existir relacionamentos assim. Mas durar esse tempo todo...

— Talvez tenha durado porque, em contrapartida, meu desejo era inesgotável — respondeu Mariana. — Mas não quero entrar nesse mérito. As coisas duram o que duram. Eu, particularmente, não sei onde começam nem quando terminam. Para mim, ainda não terminou. Vivi parte da minha vida praticamente sem memórias, recentes ou antigas. Quando Carlos chegou, tudo mudou. Não sei se foi por obra e graça da dopamina, como alguns médicos chegaram a dizer, mas o fato é que primeiro eu passei a guardar lembranças recentes e depois comecei pouco a pouco a me lembrar do passado. Por fim, desatei a ter sonhos vívidos e a me lembrar de todos, nos mínimos detalhes.

Mariana fez uma pausa, enquanto Luiza foi até a cozinha buscar outra garrafa d'água.

— Tio Ronaldo me disse uma vez que, quando eu era criança, tinha sonhos que eram verdadeiras aventuras, que eu contava para o meu irmão e os primos. Eles achavam que eu inventava, mas não se importavam: queriam ouvir assim mesmo. Depois do acidente, deixei de lembrar dos sonhos, tudo virava fumaça de manhã. Depois que conheci Carlos, voltei a sonhar. Parecia que minha imaginação precisava preencher os vazios que ele deixava.

Luiza e Taís olharam instintivamente para Marcos, mas ele realmente não parecia se incomodar com as lembranças que Mariana tinha de outra pessoa que ela também amava.

— Pode ser, mas a maioria de nós não tem lembrança dos sonhos como você — disse Luiza. — Marcos tem um pouco, não é? Sempre foi meio sonhador.

— Tenho, sim. Não como ela, mas tenho sonhos muito extensos e complexos dos quais não me esqueço — disse ele.

— Hoje eu penso que é tudo vivência — disse Mariana. — Os sonhos também são uma forma de vida. Mesmo hoje, quando acordo no meio da noite, depois de ter muitos sonhos, penso imediatamente que acordei para uma outra vida, na qual sonho coisas diferentes. Esta vida, mais organizada e racional, é a responsável por manter nosso corpo físico vivo e saudável e assim dar manutenção aos sonhos, despertos ou não. Mas não vejo mais tanta diferença entre elas, porque nada faz sentido mesmo. E eu percebo que as memórias dos sonhos se confundem com as memórias que se formam quando a gente está acordado, e fica tudo meio misturado. O que somos é a malha trançada disso tudo.

— Vocês sabem que corre uma versão lá entre os indígenas de que ele teria se "encantado"? Ou virado um encantado, não sei bem. Disseram que houve testemunhas que o viram desaparecer numa ventania e sair do redemoinho na forma de um gavião — contou Taís.

– Pois para mim essa versão é tão válida quanto qualquer outra. Se ele se tornou um espírito ou um pássaro guardião, que diferença faz? Importa é que na memória dos povos, indígenas ou não, Carlos ficou como sempre viveu: guardando a floresta para todos nós – disse Marcos, encolhendo os ombros.

No caminho de volta para casa, Marcos dirigia, e Mariana permanecia em silêncio. Ele tinha a nítida sensação de que a estava perdendo pouco a pouco, como nunca sentira enquanto Carlos esteve vivo.

– Quer ir para casa, ou prefere passar em outro lugar? – ele perguntou.

– Eu preferiria ir para a serra. Sei que você não pode, porque tem que trabalhar. Mas, agora que mudamos o ateliê para lá, queria ir. Estou com vontade de iniciar uma nova série de desenhos.

– Não pode deixar para amanhã? Não gosto que você dirija à noite sozinha.

Mariana esticou o braço e segurou a mão de Marcos.

– Sim, vou amanhã, não se preocupe. Vamos para casa, então.

Marcos permaneceu em São Paulo durante toda a semana, porém pouco falou com Mariana por telefone. Ela estava absorta em um novo trabalho, e ele preferia incomodar o mínimo possível. A pintura era sua melhor terapia.

O ateliê ocupava todo o andar térreo de uma casa de dois andares. Uma escada lateral dava acesso ao piso superior, que estava estruturado como residência, tendo varandas a toda volta. Quando Marcos chegou, na manhã do sábado seguinte, esperava encontrar Mariana dormindo.

Havia saído de São Paulo ainda de madrugada. Subiu as escadas, procurando não fazer barulho, mas encontrou tudo arrumado no andar de cima. A impressão era de que a casa não tinha sido utilizada. O quarto estava intocado, não havia lençóis nem cobertores sobre a cama. Depois de procurar e chamar em todos os cômodos, Marcos resolveu descer para o ateliê. Lá, sim, havia uma desarrumação completa, porém nem sinal de Mariana. Na parede do fundo do salão, Marcos viu, coberta com um pano branco, uma imensa tela, com prováveis dois metros de largura por um e meio de altura.

Instintivamente, caminhou até a tela e puxou o tecido que a cobria. Um tremor lhe percorreu o corpo quando se deparou com a fantástica pintura de um gavião-real, que acolhia cuidadosamente entre suas garras uma menina com os cabelos espalhados e um lenço vermelho no pescoço, sobrevoando a cidade de São Paulo.